ハヤカワ文庫 SF

〈SF2246〉

宇宙英雄ローダン・シリーズ〈600〉

# 永遠のオルドバン

クルト・マール

星谷 馨訳



早川書房

8397

**PERRY RHODAN**
DER PRINZ UND DER BUCKLIGE
ORDOBAN

by

Kurt Mahr



Translated by
Kaori Hoshiya
First published 2019 in Japan by
HAYAKAWA PUBLISHING, INC.
This book is published in Japan by
arrangement with
PABEL-MOEWIG VERLAG KG
through JAPAN UNI AGENCY, INC., TOKYO.

# 目次

# 永遠のオルドバン

# アルマダ王子、最後の勝負

クルト・マール

**登場人物**

ペリー・ローダン……………………………銀河系船団の最高指揮官
ゲシール……………………………………ローダンの妻
ローランドレのナコール……………………アルマダ王子
ウェイロン・ジャヴィア……………………《バジス》船長
パルウォンドフ
ハームソー ……………………………アルマダ工兵（銀色人）
クアルトソン
ロスリダー・オルン…………………………トルクロート人。ウェーヴ指揮官

# 1

予想外の攻撃だった。

ふたりはついさっきまで、トンネルに似たドーム状の空間をならんで漂っていた。壁も天井もまるみを帯びている。聞こえるのはグラヴォ・パックのかすかな作動音のみ。

そこに突然、地獄が出現した。腕ほどの太さのぎらつくエネルギー・ビームが薄い大気をつらぬいて、合間に分子破壊銃のインパルスがグリーンに光る。セラン防護服のバリア・フィールドが自動的に作動。ペリー・ローダンの個体バリアがビームの直撃を受け、輝きわたる。

ローダンは当惑した。これまでの不快な経験から、移動するさいは一メートルごとに抜け目なくあたりを確認するようにしていたし、この空間にはかくれ場になりそうなものもなく、安全に見えたのだが。

武器を手にとる。かれとアルマダ王子ナコールが着用しているセランは、バリア・プロジェクターを綿密に調整してあった。集中的な一斉攻撃を受けないかぎり、危険はない。とりわけ強烈なエネルギー・ビームが直接はなたれたように見えたドームの壁に近づき、引き金を引く。

外側スピーカーを通して鋭い悲鳴が響き、銃身の太い武器がいきなり虚無から物質化した。それをローダンは信じられない思いで見つめる。わずかな重力を持つ存在が床にゆっくり倒れる感じがしたと思うと、同時にアルマダ炎がひとつあらわれた。それはたよりなげに揺れ、二秒もしないうちに消える。ローダンはあっけにとられたまま、一アルマディストの死を確認した。ナコールを見ると、かれにならってやはり銃を発射しており、さっきと同じ場面がくりかえされた。虚無から武器が物質化し、むらさき色の炎が揺らめき、たちまち消える。不気味な光景だ。

「ヴェンドゥーリだ」アルマダ王子がヘルメット・テレカムで話しかけてきた。「この種族はおのれを不可視にする技術をマスターしている」

このあいだにローダンは方向の見当をつけていた。敵はふたりがすでに通りすぎた場所からピンポイントで攻撃してきている。前方には不吉な掩体《えんたい》がわずかにあるのみ。その観察結果を伝えると、アルマダ王子は答えた。

「いいたいことはわかった。前方に突進だな」

ふたりは武器を連射して道を切り開きつつ進んだ。どうやら不可視の襲撃者たちも、不格好な宇宙服に身をつつんだこの二名には従来のやり方では太刀打《たちう》ちできないと気づいたらしく、攻撃の手をゆるめてくる。危機は乗りこえたように思えた。

しかし、運命はそう甘くはなかった。ローダンはグラヴォ・パックをナコールよりもわずかに高い値《あた》いにベクトリングしていたので、最初に見ることになった……前方に浮遊していったところ、百メートル先でドームが行きどまりになっているのを。継ぎ目のないなめらかな壁が道をふさいでいる。

それだけではない。この瞬間、ナコールが叫んだ。

「気をつけろ！　ヴェンドゥーリの援軍がきたぞ！」

振り向くと、ドームのずっと後方に浮遊する物体の一群があらわれていた。典型的なかたちをしている。ずんぐりしたシリンダーの上下にひらべったい円錐がふたつ……アルマダ作業工だ！

どう反応すべきか。ローダンは一瞬のうちに、頭のなかであらゆる可能性をシミュレーションした。第一。即座にとって返し、相手の不意を突いて反撃する。ばかな！　ロボットの不意を突くことなどできはしない。第二。ドーム終点の壁まで進み、アルマダ作業工たちが射程に入ったらすぐ砲火を開く。これは英雄的行為ではあるが、非効率的。相手は数でまさるし、それぞれが同時にすくなくとも三種類の武器をはなってくるのはまちがいない。

第三。降参する！　それが唯一まともな対応策だ。ロボットがこちらの降伏を受け入れればの話だが。

「ほかに選択肢はない……」そういいかけたところで、ローダンは驚いて中断した。ナコールはこちらの声がまったく耳に入っていないようす。

「見えるか？　背中に瘤《こぶ》のある者が」アルマダ王子のささやきがヘルメット・テレカムから聞こえてきた。

腕をのばし、下方をさししめしている。影のように動くものがテラナーにも見えた気がしたが、よくわからない。ほんの一瞬、一ヒューマノイドの侏儒《しゅじゅ》めいた姿が目に入ったと思ったが。

ナコールが身を低くした。ローダンもそれにならう。ドーム後方でアルマダ作業工が砲火を開いたものの、ビームは一メートルほど上にそれた。こちらのフィールド・バリア・ジェネレーターの散乱インパルスにじゃまされて、目標を定められないのだ。そのとき、ナコールが知らない言語でなにかつぶやいた。影のような存在が出現したことで混乱しているのだろうか。

敵の二度めの斉射が命中。フィールド・バリアが輝きわたり、エネルギー放電の爆音が外側マイクロフォンを通じてとどろく。ロボットは自分たちのやるべきことをよくわかっており、バリアの特定の一点に集中攻撃を浴びせてきた。ローダンは決意した。生きのびたいなら、いま行動に出なくては！

「攻撃をやめろ！」と、アルマダ共通語で呼びかける。「抵抗はしない！」

相手に聞こえたかどうか確認はしなかったが、いずれにしても呼びかけは効果がなかったようだ。ロボットは相《あ》いかわらず、仮借なく攻撃してくる。

「友よ、こっちだ！」

ナコールの声が聞こえたと同時に、ローダンは腕をつかまれて引っ張られた。あまりに急な動きで、肩に痛みがはしる。見ると、ドーム終点のなめらかな金属壁が目の前に迫っていた。

ぶつかる！　ローダンは本能的に身をかたくして衝突にそなえた。防御バリアに荒れ狂う放電の激音と、サーモ・ブラスターの発射音が響きわたり……

そして突然、耳に綿を詰めこまれたようになった。どんどん騒音がちいさくなり、やがてまったく聞こえなくなる。壁にぶつかった感じはしなかったが……もしかして、まったくぶつからなかったのか？

まぶたを開け、まわりを見まわした。

「道を開いてくれて感謝する、瘤男」と、ナコールがいうのが聞こえる。

目の前にひろがるのは、陽光あふれる景色。ローダンは啞然としてそれを見つめた。

アルマダ工兵の三頭政治執政者たちにとり、栄光の日々がはじまった。新オルドバンの反抗的な一構成ユニットに長くわずらわされたが、気の遠くなるような努力をしてユニットひとつひとつを各指揮所に配分したのち、ようやく一司令モジュールとして統合させ、ローランドレ本来の司令センターに移送・設置できたのである。

パルウォンドフ、ハームソー、クアルトソンの銀色人三名は勝利を確信する。はるか数千年の昔よりすべてのアルマダ工兵がいだいてきた夢が、ついに実現した。ローランドレの支配を手にしたのだ！

もちろん、この巨大構造物のどこかにまだ敵が二名うろついていて、こちらの計画を妨害しようと画策しているのは知っていた。おまけに光フィールドの外では、傲慢にも銀河系船団などと名乗るちっぽけな一部隊が待機している。だが、そんなものに頭を悩ます必要はない。ふたりの命知らず、ペリー・ローダンとアルマダ王子についてはいつか悪行をやめさせるつもりだし、銀河系船団のほうは、九十万隻を擁するアルマダ蛮族の艦隊にひと言、命令を出せばことたりる。ギャラクティカーをひねりつぶしてくれるだろう。

＊

天井から注《そそ》がれる黄白色の心地よい明かりのもと、パルウォンドフの肌が銀色の絹の輝きを帯びる。巨大な部屋のなかで無限につづく技術装置の列を、かれは畏敬の念に打たれたように見わたした。ここでかつてオルドバン自身が采配をふるっていたのか？　それとも、スイッチ操作は無条件に主人のいうことを聞く下《した》っ端《ぱ》の生物にまかせていたのだろうか？　この司令センターはもう一年以上も稼働していないのだが、ついさっきまでオルドバンが作業していたような印象をいだいてしまう。

パルウォンドフはおのれの内に耳を澄ました。数時間前までは無意識に、無限アルマダの統治者が突然に目ざめて、冒瀆《ぼうとく》ともいえる行為に出たアルマダ工兵三名を現場でとりおさえるのではないかと恐れていたもの。自分はまだ恐れをいだいているか？　なんともいえない。ただ、はっきりしていることがひとつある。本当に成功したと確信を持てるのは、司令モジュールの各部品が問題なく機能し、自分たちが実際にここからローランドレのすべてを動かせるとわかってからの話だ。

ひろびろとした馬蹄《ばてい》形コンソールの前で、くつろいだ気分になる。司令センターの技術はいずれもアルマダ工廠《こうしょう》で開発され、なじみのあるものだから。

パルウォンドフは司令モジュールにつながる通信機のスイッチを入れた。

「司令モジュール……ユニット1。準備完了なら応答せよ」

そう呼びかけ、いま起きていることを具体的に思い描く。司令モジュールは、数兆共生体に棲む極小生物の力により、テラナー十万人の肉体と意識が無定形の塊りとなったもの。音声で意志を伝えることはできないため、応答はメンタル・レベルでくるだろう。そのプシオン信号をトランスレーターが言語に変換するのだ。

「司令モジュール、ユニット1」と、受信機から声が出てきた。「準備完了。いつでも作動できます」

パルウォンドフはさらに呼びかけをつづけた。応答がくるたび、これであらゆる作業が可能になると確信が増していく。

銀色人たちはこの司令モジュールを〝新オルドバン〟と名づけていた。自分たちの夢をかたちにした名前だ。新オルドバンは旧オルドバンと同じくローランドレすなわちアルマダ中枢を手中におさめることになるが、ひとつちがいがある。おのれの意志を持たない新オルドバンは、アルマダ工兵の道具にすぎない。

足音が聞こえて、パルウォンドフは顔をあげた。ハームソーとクアルトソンがコンソールに近づいてくる。

「捕虜たちは確実に収容した」と、クアルトソン。「いまはだれも出入りできない場所にいる」

「やつらはじき不要になる」パルウォンドフがきっぱりいった。

「われわれの宿舎を見てみた」ハームソーだ。「ずいぶん骨折りしたから、また快適な環境に住めるようになったのはいい。あの部屋が以前どういう目的に使われていたか知らないが、どうやらオルドバンがしばしば客を泊めていたようだ。とても贅沢なつくりになっている」

パルウォンドフは右手で満足の意をあらわすと、

「わたしのほうも、あれこれやってみたぞ」と、いった。「司令モジュールの全構成要素に照会したところ、すべて作動可能の応答が返ってきた。これでローランドレはわれわれのもの！」

「まだだろう。ためしにひとつ動かしてみないと」ハームソーが口をはさむ。かれにはペシミスティックな傾向があると、いまではわかってきた。「本当にモジュールがこちらの指示どおりに機能するかどうか」

「それはわたしも考えた」パルウォンドフはふたたび通信機のスイッチを入れ、司令モジュールに呼びかける。「全ユニットへ告ぐ。命知らずの危険な侵入者がふたり、ローランドレ内部をうろついている。アルマダ炎をいただいてはいるが、アルマディストではない。かれらのもくろみはローランドレの破壊工作だ。あらゆる手段を使って探しだし、見つけしだい殺せ。捜索の進行状況を知らせること。死刑執行したら、すぐに証拠とともに報告せよ」

「了解しました、パルウォンドフ」と、受信機から声がした。「命令を実行します」

「それが賢いやり方か？」ハームソーが意見する。「ローランドレのナコールがアルマディストだということは、いずれ明らかになる。きみが嘘をいったと知れば、司令モジュールはどう反応する？」

「反応などするものか。あれはわれわれの奴隷だ」パルウォンドフはぶっきらぼうに答えた。

「だが、アルマダ王子にはまだ使い道があるかもしれないぞ」クアルトソンが割りこんだ。「かれの記憶のどこかに、いつか役だつ知識がかくれているかもしれない。殺してしまったら……」

「〝自称〟アルマダ王子の知識だろう」パルウォンドフは嘲笑し、「ローランドレの関門四つを開くのに、どれほどの日数がかかったと思う？　かれの知識など、たいして期待できるものか」

クアルトソンとハームソーは黙った。パルウォンドフのいうとおりだ。銀河系船団がローランドレの関門および前庭を通過するのにどれほど困難があったか思い起こすと、ナコールが王子の地位を主張したところで信じがたい。

「ほかに、すぐとりかからなければならない問題がある」ハームソーが、長く考えこんだすえに発言した。

「なんだ」と、パルウォンドフ。

「蛮族ウェーヴの十八部隊だ。もう長く銀河系船団にじらされている。そろそろ決着をつけるときだろう」

「たしかに！」パルウォンドフは賛意をしめし、さっそく指を動かしてべつの通信をつなぐと、「ロスリダー・オルンに命令を出そう。きっとよろこぶぞ。がまんのきかない男だからな」

一スクリーンが出現し、堂々たるトルクロート人の3D映像がうつしだされた。種族の特徴である尻尾に似た臀部《でんぶ》を支えにして立ち、胸の前で腕を組んで不敵な目つきをしている。パルウォンドフは思った。いつかこの男に、三頭政治執政者の前では従順な態度を見せることを教えてやらなければ。

「いいニュースだ」と、かれは蛮族の指揮官に話しかける。「待機時間は終わった。銀河系船団を攻撃し、殲滅《せんめつ》せよ」

ロスリダー・オルンの顔の筋肉は微動だにしない。暗く射ぬくような目でアルマダ工兵を凝視したのち、声をとどろかせた。

「アークトロタル＝エームにかけて、ついに攻撃の時がきたか！　これ以上われらの戦闘欲をおさえるのは困難だと思っていた」

そういうと、ウェーヴ指揮官は自分から接続を切る。これは重大な慣例違反だ。三頭政治のメンバーはたがいに顔を見合わせた。

「やつに礼儀作法を学ばせよう」と、ハームソーがいう。パルウォンドフも同意のしぐさをした。

それから数分のあいだ、パルウォンドフは視認機器や測定装置のスイッチをいじり、銀河系船団が滅びるようすを自分たちのほうでも追えるようにした。さぞおもしろい見ものになるにちがいない。ギャラクティカーたちはふだんは戦いを回避しているものの、いざという状況になれば仮借なき戦士となり、天才的な戦略をくりだすことがわかっている。かれは多彩に光るコンタクト・プレートに指をはしらせ、音響サーボにあれこれ命令を出した。やがてコンソール上の表示で、視認フィールドと測定フィールドが確立されたとわかる。

そのとき、司令モジュールが通信チャンネルで連絡してきた。

「なんの用だ？」パルウォンドフは高飛車に応じた。

「よろこばしい報告があります」司令モジュールのおだやかな声。

「早くいえ！」

「侵入者二名の位置がわかりました。ヴェンドゥーリが道を阻《はば》んだようです。ヴェンドゥーリが望ましい結果を出せなかった場合は、補助要員としてアルマダ作業工の一部隊が出動します」

＊

なんて美しいんだろう。ウェイロン・ジャヴィアはどぎまぎしていた。

その讃美対象はゲシールだ。彼女はいま、司令コンソールにつづく階段の上に立っている。ジャヴィアは当惑して目をそらし、テーブルの上に置いてあるちいさなメモ・キューブの数々に触れながら、データ探しに専念するふりをした。

「わたしがなにを訊きたいかわかるわね、ウェイロン」ゲシールが暗い声でいう。

「いわれなくてもわかります」ジャヴィアは答えた。「なにか情報が入れば、真っ先に知らせますよ」

「どこもすごく混乱しているの」ゲシールは笑みを浮かべようとするが、ちっとも楽しそうではない。「わたしの不安をなだめるよりも重要なことがあるのね。あなたは、わたしがしょっちゅうここにきて質問してもうるさく思わない？」

「そんなふうには思いませんよ。ただ、なにかを確言することは……」

「かれらが生きてもどる可能性はどれくらいなの？　時間との関数でしめされるはずよ」

「なんともいえません」ジャヴィアは意気消沈している。「その質問に答えられる者がいるとすれば、ハミラーだけでしょう。しかし、わたしが懸念するに、たとえハミラーでも……」

「その懸念は正しいです、サー」と、ハミラー・チューブの心地よく調整された声が割りこんだ。

知る必要があります。「マダム、あなたの質問に答えるには、ローランドレの内部状況をくわしく知る必要がありますが、それはわれわれのあずかり知らぬところでして」

ゲシールは手を振って、

「もういいわ。ありがとう」と、ぼんやりいった。

彼女がその場を去るとみて、ジャヴィアは沈んだ気分のままメモ・キューブをあてどなく探った。しかし、最後の瞬間にゲシールは意を決したように立ちどまり、はっきりこういった。

「アルマダ蛮族は長く手をこまねいていないわよ。あなたとわたしをふくめ、ここにいる全員がそれを知っている。トルクロート人が攻撃してきたら、どう防御するつもり？」

〝あなたが心配することじゃありません〟と、答えることもできたろう。ゲシールは《バジス》ではなんの公式な立場にもついていない。チーフの妻だからといって、際限なく極秘情報を手に入れる権利を持つわけではないのだ。機密はノータッチのままにしておく必要がある。ギャラクティカー五百万名のなかに、船団指導部の計画をトルクロート人に洩らして利を得ようとする頭のおかしな者がいないともかぎらないのだから。

それでも、ジャヴィアの口から出たのはちがう言葉だった。

「想定した事態にしたがってやりますよ」と、すごみのある声で答える。「蛮族が攻撃してきたら、船団はただちに分散します。このいまいましい光フィールドのなかで統制のとれた交信は不可能で、厳密なフォーメーションを必要とする防衛戦略は実行できませんからね。攻撃ありしだい、各艦船が独自に動くということ。あらゆる擬装、対探知、陽動のテクニックを使います。ローランドレ表面の起伏にかくれ場を探してトルクロート人の目を逃れる艦船もある。そうすれば、光の海にまぎれることができますから」

《バジス》船長は手で額をこすると、「ただ、そうして生きのびても、たがいをまた見つけるのは非常に困難になるでしょう。逃走計画の詳細は極秘です。それを知っているのは各艦船の指揮官と搭載コンピュータのみ」

視線をあげて、ジャヴィアは驚いた。数分前までただ不安げに見えていたゲシールが、いまは目を輝かせている。ペリー・ローダンの運命がわからないことからくる心痛を、すっかりぬぐい去ったかのようだ。その目にはあらたな決意があった。

「わたしの助けが必要になったら知らせてちょうだい」と、ゲシール。

どういう意味だろう？　ジャヴィアはとほうにくれる。

そのとき、アラームが大音量で鳴りひびいた。ランプが一定のリズムで点滅しはじめる。

「どうやら、不吉なことを口にしたせいでそのとおりになったようです」ハミラー・チューブの声だ。「トルクロート人が進軍してきました」

＊

「ここはどこだ？」ペリー・ローダンは当惑して訊いた。

「影のない国だ」ナコールが夢心地で答える。

ローダンは周囲を見まわした。背後にはドームの行きどまりをしめす金属壁があって、アルマダ作業工がはなつビームの音や爆発音が絶え間なく聞こえていたはず。ところがいま、かれのうしろには灌木《かんぼく》と人の高さの岩ブロックにかこまれた草原がひろがっていた。まったく物音はしない。

見あげてみる。最初は陽光だと思ったが、実際は草原の上空をおおう巨大な丸天井から光が注いでいた。その明るさには等方性があって均質なため、どこにも影が生まれない。自分たちの影も、灌木や岩の影も見えなかった。

「通常分析」ローダンはセラン防護服の知性をつかさどるマイクロ・プロセッサー群に命じた。

ヘルメット・ヴァイザーの内側スクリーンに一連の文字と数字が浮かびあがる。空気は呼吸可能、〇・九五気圧、摂氏二十四度、重力一・〇〇一G。もしだれかがテラ地表の一部をシミュレーションする気でこの風景をつくったのだとしたら、満足のいく出来栄えと思ったことだろう。

ローダンはためらわずヘルメットを脱ぎ、新鮮な空気を思いきり吸いこんだ。エキゾティックな花のにおいがする。意識のどこか奥のほうで、警告の声がした……あまりに平和的すぎる環境には用心せよ、と。

「教えてくれ、王子」と、話しかける。「われわれ、どうやってここにきた？　ここから出たらどうなるのだ？」

ナコールは自動装置のごとくローダンの動きをまねして、同じくヘルメットを脱いだ。この環境に魅せられてしまい、なかなか抜けだせずにいるようだ。

「瘤男のおかげだ」と、心ここにあらずで答える。「ローランドレの内部には、かれしか知らない道がある。その道に関して従来の時空法則は通用しない」

「転送機みたいなものか？」

「わからない」

「きみはその瘤男を知っている？」

「わたしは……おぼえていない」アルマダ王子が口ごもる。

ローダンは決意した。アルマダ工兵の罠にはまったように見せかけて、ローランドレ内部への小遠征に出かけよう。ナコールが同行しているのだからいいではないか。ローランドレはかれの故郷だ。その記憶はいま、すべて失われたとはいわないまでも、ぼやけている。しかし、かつて慣れ親しんでいたはずの環境に行けば、忘れていたことを思いだしはじめるかもしれない。ローダンはそれを当てにしていた。のこる期待はそこだけだ。いまのところ優勢なアルマダ工兵たちに逆転勝利するには、ナコールに奇跡を起こしてもらうしかない。

その期待は実現しそうな気がする。問題はナコールの記憶回復が、こちらの有利になるほどスムーズに進むかどうかだが。

「かれには名前があるのか？」と、さらに訊いた。

「ある。それを思いだせれば、非常に助けになるはず。というのも、瘤男の名前を知る者は……」

ナコールはそこで中断した。

「知る者は、なんだ？」ローダンが急《せ》かす。

アルマダ王子は首を振り、

「いや、だめだ。どうしても思いだせない」

「きみは瘤男があらわれたとき、未知の言語をしゃべったぞ」ローダンはふと思いだして、「あれはなんだったのだ？」

アルマダ王子の赤い大きな複眼が、考えこむようにテラナーを見つめる。

「未知の言語？　わたしの知る言語はただふたつ、アルマダ共通語とインターコスモだけだ。どちらも未知では……」

「感じないか？　ここでなにかが起きている！」声に興奮がまじってきた。「きみはなにかを思いだしはじめたのだ。ローランドレに奥深く入っていけば、一歩ごとに記憶がはっきりしてくるはず」

「ああ」と、ナコールがぼんやり答える。

「影のない国……きみはそういったな。実際に影がない風景を見たせいか、それとも、前からここを知っていたのか」

「前から知っていたのだと思う……きっと」

「よし。われわれ、正しい道にいるわけだ。なんとかして、ここから先に進む方法を見つけなくては。さて、すこし休憩するのもいいんじゃないか」ローダンはそういって、草原の数キロメートル先にそびえる丘を指さした。その頂上は、人の高さを超えるごつごつした岩ブロックに縁どられている。「高いところに行けばもっとよく見わたせるだろう。あそこに向かおう」

ふたりは草地の上を浮遊していった。ナコールはなにもいわず考えこんだままで、ローダンはそれをじゃましないようにする。記憶回復作業に外から干渉してはならない。この機会を使って周囲を観察することにした。楽園のような風景のなにかが気にかかっていたのだが、いまわかった。動物がいないのだ。明るい空の下、鳥や羽ばたく虫もいなければ、くるぶし丈の草のなかを這いまわるものも見えない。このエデンの園は、生物生態学上の著しい均衡性に阻害されている。

ふたりは丘の上でくつろいだ。岩ブロックは遠目にはどこまでもつづく環状壁の一部に見えたが、近くからだと奇怪なかたちなのが判明する。非常に醜悪な生物の頭蓋を彫刻にしたような形状で、近よってじっくり見るのがためらわれるほど。これらの岩の柱はもとから存在したものであり、人工的な手はくわえられていない。これほど幻想的なかたちになったのは、おそらく浸食作用が原因だろう……ローダンはそう考えをめぐらしたが、その途中であらたに気がついたことがあった。この人工パラダイスには風が吹かない。浸食の原因は存在しないのだ。

かれはセランに装備された食糧ストックからすこし食べて飲むと、地面に寝ころんで目を閉じ、さらに考えをめぐらした。この冒険がはじまってから実際はまだ三カ月しかたっていないのに、短期間に多くのことが起きたせいで何年も経過したように思える。自分たちがはじめてローランドレのナコールに出会ったのは、アルマダ工廠モゴドンでの騒動のさいだ。かれは長身のヒューマノイドで、無数の複眼からできている不思議なひとつ目の持ち主。それがルビー色に輝いて相手を見すえる。そのナコールを、ローダンたちは血路を開いて救出したのだった。かれとその仲間である死をも恐れぬアルマダ反乱軍の面々を、アルマダ工兵がまさに殲滅しようとしたから。

ナコールは感謝の念を奇妙なかたちでしめした。いっしょにローランドレまで行こうと招待してきたのだ。そこはかれの故郷であり、無限アルマダのなかで重要な役割をはたす場所だという。ペリー・ローダンがこの申し出を承諾するとは、《バジス》でもほかの艦船でも予測していなかった。だが銀河系船団は惑星バジス＝1の基地を閉鎖し、アルマダ蛮族を引き連れてM－82銀河の果てからこちらへ向かっているはずのアトランにメッセージをのこして、スタートしたのである。

　ところが、遠征はスムーズには進まなかった。何カ月も失神状態にあったセト＝アポフィスが覚醒し、攻撃してきたのだ。《バジス》乗員は屈従させられ、ローダンは奴隷にされた。しかし、当時の出来ごとが本当に記憶どおりであったかどうかいまでも疑わしいが、かれは自由の身になる。セト＝アポフィスとの戦いにおいて劣勢だったはずなのに。ひとりのちっぽけな人間が超越知性体に勝つとは！　そんなはずはない。どこか遠くで、かれの見落としていることが起きたにちがいない。

　その後、銀河系船団はふたたびローランドレをめざす旅に出た。やがて四つの関門に遭遇する。そこは合言葉となる四つの叡智《えいち》を知らなければ通過できないといわれたが、ナコールはひとつも思いだせなかった。ローダンたちは現実がまったく意味を持たなくなる世界で苦悶しつつ、何度か狂気の縁に立たされながら、完璧に正しい表現での合言葉を手に入れるべく奮闘した。最終的には、ローランドレの門番と名乗る奇妙な生物クメキルが関門を通過させてくれ、かれらは前庭と呼ばれる危険に満ちたところに到達。

そこで門閥たちと格闘のすえ、門閥の母と出会い、ようやくローランドレの光の海へとやってきた。そのとき、ローランドレがアルマダ中枢であり、アルマダ第一部隊そのものだということを知らされたのである。

それまではアルマダ第一部隊がなんだか見当もつかなかったが、いまでは、発達を遂げた一星系ほどの規模を持つ巨大プラットフォームだとわかっている。ローランドレの表面は一様でなく、あらゆる物理法則を放棄しているかのように見えた。探知も遠距離通信も不可能だし、これほど巨大な物体であれば当然生じるはずの強い重力フィールドもまったく観測できない。ここには独自の法則が存在するのだ。だが、銀河系船団のだれひとり、それを知らなかった。

いつのまにか巨大構造物の内部では、アルマダ工兵が動きだしていた。そこへ蛮族ウェーヴの十八部隊が、アトラン指揮のもと、九十万隻というとてつもない数の艦船を擁し、光の海に進出してきた。味方が増えたとローダンは思ったが、その期待はすぐ裏切られることになる。アルマダ工兵がこの機に乗じて、アトランに対するトルクロート人の忠誠心を揺るがせたのだ。九十万隻はたちまち銀色人の側につき、銀河系船団を危機的状況に追いこんだ。アトランの消息は不明である。

不明といえば、ローランドレ表面の調査および内部への道を探す目的で派遣したミニ遠征隊のその後もわからない。このあいだにアルマダ工兵たちはローランドレ内に定着している。銀河系船団はいまや、ふたつの敵を相手にしていた。アルマダ第一部隊のなかの銀色人と、光の海のなかのトルクロート人と。出口は見えず、奇跡を祈るばかりだった。

そんなとき、トルクロート人の使者とアルマダ作業工一体が《バジス》に乗りこんできた。その蛮族はいまなおアトランに恭順を誓っていて、銀色人にしたがう気はないという。さらにロボットは、行方不明のミニ遠征隊のひとつであるジェン・サリクとイホ・トロトからメッセージを受けとっていた。ふたりはローランドレ内部のある地点を正確に指定し、ローダンにそこへくるようにいってきた。

むろんローダンは、銀色人の罠だと見当をつけたもの。ほんものよりやや貧相な自分とナコールのアンドロイドを、サリクおよびトロトとの会合地点に送りこみ、アルマダ工兵の追っ手に襲撃させた。こうして銀色人の注意をそらすあいだに、ほんもののローダンとアルマダ王子はローランドレのべつの場所に着地。アルマダ第一部隊に所属する多くのアルマディストのうち、一種族とコンタクトした。最初はいろいろ問題があったものの、やがて相互理解にいたり……相手はナコールに対して畏敬の念さえ見せた。その後、ふたりでローランドレの内部へと出発したのだ。

銀色人の恐るべき計画の詳細がわかったのは、つい数時間前のこと。アルマダ工兵の手で集合体生物にされたウェイデンバーン主義者十万人の運命を知って、ローダンは大きなショックを受けた。かれらはオルドバンの代役をつとめさせられている。銀色人の思いどおりに無限アルマダを操作する目的で。

多数ある指揮所のどこかから、アルマダ工兵のたくらみに介入する必要があった。同時に、ナコールの潜在記憶を活性化させなければならない。

しかし、なんと遠い目標だろう……

そこまで考えたローダンは、疲れてたちまち眠りこんだ。

＊

わたしの話をしよう。自分がだれだかわからないのだ。あたりは暗闇だが、同じような状況の者が十万人近くいることは感じられる。本来ならとっくに絶望しているところだが、ときおり異質な力が流れこんできて勇気をあたえてくれる。すると、われわれはひとつになり、なにかを実行するのだ。なにをしたのかは、あとになっても思いだせない。けれども、重要なことにちがいない。そうでないと、われわれを絶望から守るためにこれほど多くの精神力が使われるはずはないから。われわれはそれにしたがう。僕《しもべ》だからだ。だれの僕かって？　そんなこと訊かないでくれ、自分がだれかもわからないんだから。

ここはスタックなのだろうか？

## 2

「逃げられたとはどういうことだ?」パルウォンドフは刺すように鋭い声で訊いた。「不可視のヴェンドゥーリがかれらを追っていたし、アルマダ作業工の部隊もスタンバイしていたはず。なのに、なぜ逃げられたのだ?」

「わかりません、パルウォンドフ」司令モジュールが答える。「ただいま分析中です。ヴェンドゥーリは戦士としては未熟で、任務に失敗し、数名が死にました。アルマダ作業工が侵入者を追いつめて射程にとらえ、ビームで攻撃したのですが、ふたりとも消えてしまったのです。まるで蒸発したみたいに」

「蒸発する生命体などいるものか」銀色人は怒った。

「いくつかエネルギー流が記録されています……侵入者ふたりが消えたのと同じ瞬間に。このデータも同じく調査中です。まもなく二名の居場所を報告できるでしょう」

「そうしてほしいものだ」

通信を切ると、パルウォンドフはハームソーとクアルトソンに目をやった。

「転送システムだな」ハームソーがいう。

「そうらしい」と、パルウォンドフ。「だが、だれが転送機の使い方をかれらに教えたんだ？　素性の知れないテラナーと、記憶をなくしたアルマダ王子に？」

「なにか見落としている要素があるかもしれない」クアルトソンが口をはさむ。「あのナコールが主張どおりアルマダ王子だとしたら、かれはいま、はるか過去によく知っていた場所にいるわけだ。なじみの場所ですごす時間が長くなるほどに、記憶がもどってきているのではないか？」

パルウォンドフの顔に狼狽《ろうばい》の色が見えた。クアルトソンの理論をむげに否定することはできない。ローランドレ内部にびっしり張りめぐらされた複雑な転送ネットのことは前から知っていた。多くの場所に出入口があるのもわかっている。だが、使うのはこれまでずっと躊躇《ちゅうちょ》してきた。転送機を動かすエネルギー流は独特のインパルス・グループで構成されており、それを使えばオルドバンを目ざめさせてしまうのではないかと恐れたからだ。司令モジュールが機能を発揮しはじめてから、その危険はちいさくなったが、時間のロスなく移動できる転送ネットに身をゆだねる決心をするには、まだあと数日かかるだろう。

ナコールとペリー・ローダンが転送機を発見したのは偶然だろうか？　それとも、本当にアルマダ王子が記憶をとりもどしはじめたのか？　パルウォンドフはこの日はじめて不安のようなものを感じた。自分たちのゴールは、考えていたよりもまだ遠いところにあるのか？

悪いニュースを聞いたあとでは、自信をとりもどす必要がある。かれはロスリダー・オルンを通信で呼びだした。トルクロート人はさっきよりいっそう不機嫌な顔で、どなりまくった。

「なんでじゃまする？ 戦闘準備の最中だというのがわからんのか？」

銀色人はなんの感情もしめさず、恐ろしいほど平静な声で答えた。

「わたしはおまえの主人だ、蛮族。普遍の規則にしたがい、わたしの前ではつねに敬意をしめすことを習慣づけよ。わが力で蛮族の全艦隊をひねりつぶせるのだぞ。おまえが態度をあらためないなら、その力を行使する。そうなれば、おまえは雄々しい戦死で最期を飾るのでなく、たんに消滅するのだ」

トルクロート人は驚きを顔に出した。アルマダ蛮族にとり、戦闘なき死ほど恥ずべきものがほかにあろうか？

「お許しください、ご主人」と、しわがれ声で謝罪する。「無為の時間が長くつづいたため、礼儀作法を忘れていました。あなたの力は知っています。無礼をして怒らせるつもりはまったくありません」

パルウォンドフはなだめるように手を振り、

「それでいい。攻撃の予定はどうなっている？」

「数時間後です、ご主人。九十万隻の部隊を編制するのに時間が必要で……」

「相手はわずか二万隻だぞ。それでもか？」パルウォンドフが驚いてさえぎる。

「それでもです、ご主人。われわれは勇敢な戦士ですが、浅薄ではありません。ギャラクティカーたちは必死で身を守ろうとするでしょう。かれらは戦い方を熟知している。しかも、われわれのほうはこの奇妙な連続体でほとんど意思疎通できません。それはあなたもご存じのはず」

「知っている」パルウォンドフは認めた。「進捗《しんちょく》状況を把握するため、今後もしばしば呼びだすからな」

「そうしてください、ご主人。ご用があればいつでもどうぞ」

反抗的な蛮族にマナーを教えこんだことで気をよくし、パルウォンドフは緊張を解いた。すこし不安を払拭《ふっしょく》した感じがする。おかげで、事態がさっぱり進んでいないという考えちがいをせずにすんだ。

「思うに……」と、ハームソーが口を開いた、そのとき。

「発見！」司令モジュールの声が割りこんだ。「侵入者の現在ポジションを特定しました。影のない国にいます」

「それはどこになる、かれらの最終ポジションから見て？」パルウォンドフが訊く。

「最終ポジションから三百万キロメートルはなれています。座標は……」

「座標はいい。いつ捕まえるのだ？」

「ただちに、パルウォンドフ」

＊

なんとも定義しがたい物音がして、ペリー・ローダンは目がさめた。ごろごろ、ばりばりという、岩が粉々になるような音だ。からだを起こしてみる。最初はなにも変わったことがないように見えたが、振り返ったとたん、あまりに奇怪な眺めを目にして驚愕した。

前に興味を引かれた岩ブロックが、いまや五メートルもはなれていない場所に近づいている。その表面に恐るべき変化が起きていた。亀裂が入り、石のかけらが音をたてて落ちてくる。崩壊しているのだ！

岩のなかから、ひどく美しい構造物が顔を出した。全長一メートルはゆうにある楕円体だ。それまで閉じこめられていた岩の柱を抜けだし、地面すれすれのところに浮遊している。表面はつるつるで、月長石のようなライトブルーに輝き……

楕円のてっぺん、手の幅ほどのところに、むらさき色のアルマダ炎が燃えている！

ローダンは思わず一歩、後退した。

「ナコール、これはいったいなんだ？」と、不安をおぼえて訊く。

返事がない。困惑して見まわすが、アルマダ王子の姿はどこにも見えなかった。自分が眠っているあいだに丘の頂上からはなれたにちがいない。ごろごろ、ばりばりという音が左からも聞こえてきた。ふたつめの岩ブロックが崩壊し、そこからやはり月長石があらわれる。すでに最初のショックを克服していたので、もう不安は感じなかった。いずれの月長石も囚《とら》われの岩から出たあとはその場にとどまっていて、こちらに近づくことはない。なにかを待っているようだ。三つめの岩ブロックが崩れはじめたとき、ローダンはもう振り向きもしなかった。

平原を見わたしてみる。なんの手がかりものこさず消えてしまうのは、ナコールらしくない。ローダンの視線はひろい草地を俯瞰《ふかん》していった。アルマダ王子は見えないが、かわりに発見したものがあった。月長石が岩の牢獄から出てくる現象が起きたのは、丘の頂上だけではなかったのだ。草原のあちこちで岩の柱が崩壊し、草の上にグレイの小山ができている。いたるところに、つやつやと光を帯びたなめらかな異物体が浮遊していた。

「きみたちは何者だ？」ローダンは完璧なアルマダ共通語で訊いた。

答えはないが、驚くには値いしない。楕円体生物の表面には継ぎ目がなく、音声シグナルを発することのできるようなしくみは見られないから。おそらく、こちらの質問も聞こえていないだろう。ローダンはおのれの内に耳を澄ました。従来のやり方での意思疎通ができない相手なら、テレパシーでコンタクトしてくるかもしれない。だが、そんな気配もなかった。意識のなかにあるのは自身のメンタル・インパルスだけだ。

最初に目にとまった楕円体に近よってみる。未知の生物を驚かせないよう、ゆっくりと慎重に手をのばした。どんな材質でできているのか、たしかめたいと思って。

そのとき突然、丘の頂上から冷たい風が強く吹いてきて、あやうくバランスを失いそうになった。あたりに影が落ちる。頭をそらすと、晴れていた空が暗くなっていた。めりめりという、いやな音が聞こえる。刻一刻と迫る危険を感じ、あわててヘルメットを引きあげた。留め金をかけるまでのあいだ、息をとめておく。

危機一髪だった。足もとの草が褐色の藁《わら》に変わったのだ。突風はますますはげしく丘から吹きおろしてくる。ローダンはグラヴォ・パックを作動させ、安定性を確保。気温がものすごい勢いで低下している。三十秒前には二十四度だったのに、いま温度計はマイナス五十三度をしめしていた。

外側マイクロフォンがひろう音のトーンが変化した。鋭く金属的な音になり……それがちいさくなる。強風は一様な空気の流れに変わり、しだいに勢いを失った。驚くにはあたらない。大気圧は〇・一に落ち、さらにさがっていた。だれかがこの場所から空気を抜いているのだ。

「友よ！」聞き慣れた声がして、ローダンは電撃に打たれたようにはっとした。

「ナコール、どこにいる？」

「答えはあとだ。じきに関連ポイントが失われてしまう。安全を確保したか？」

「ヘルメットは閉じてある。そのことをいっているのなら」ローダンは不機嫌な口調で、

「ここでなにが起きているのだ？」

いつのまにか、すっかり暗くなっていた。嵐の最後のどよめきもやみ、ゼロ気圧になる。気温はマイナス百三十度。

「イルサーレが目ざめた」ナコールが答えた。「かれらの任務は招かれざる侵入者からローランドレを守ること。そのため、影のない国を闇の石に変えたのだ」

ローダンはいささかむっとして大きな声を出す。

「いまやっとそれを思いだしたというのか？　もっと早くわたしに警告することはできなかったのか？」

「そのとおり」アルマダ王子は悪びれない。「いまやっと思いだしたのだ。あなたの怒りはわかる、友よ。だが、怒るのはあとにしてもらいたい。まずは地面からはなれて真空空間で自由移動するのが先決だ。方向感覚が失われているから、まっすぐ上に向かうだけにすること」

「そのあとは？」

「わたしがそばにいる。そこからなら、イルサーレがどんな舞台装置を用意したかわかるだろう」

ローダンは上に向かった。路程計で百メートル移動したのを確認したのち、停止する。この瞬間、めったに感じたことのない孤独を感じた。あたりには見通せない闇がひろがっている。グラヴォ・パックがあるので上下の区別はつくが、それは見せかけの感覚だ。見えない世界のほんものの環境に対して自分がどういう位置関係にいるのか、わからない。

〃ほんものの環境〃だと……なんたる矛盾か！　なぜ、もっと早く気づかなかった？　ヒントはあったのに。動物がいないことや風がまったく吹かないことを考えれば、正しいシュプールに行きついたはず。影のない国は現実のものではない。エピクロス症候群の饗宴、終わりなき十字の巡行者スウィ、ガルド兄弟と同じだ。

影のない国は、ずれた現実の産物ということ。この闇の世界もまた同様だ。ローダンはマイクロコンピュータに、近傍と遠方の環境を調べていくつかデータをしめすよう指示を出した。だが、コンピュータが提供できる答えはなにもなかった。つまり、いまいる場所はまったくの虚無空間なのである。

イルサーレは見張りであると同時に制御者ということ。招かれざる訪問者が影のない国に足を踏み入れたなら、とりあえず安全な場所で泳がせておいて品定めし、自身は岩ブロックのなかにかくれて、時がきたら行動に出るのだ。岩のなかから姿をあらわし、べつの超現実を展開する。ローダンがもし寝込みを襲われていたら、急激な減圧によって死にいたっただろう。あやういところでその運命はまぬがれたが、そのかわり絶対虚無が待っていた。まだ命があることだけが、せめてものなぐさめだ。

アルマダ王子に呼びかけるが、返事はなかった。かれもまたべつの超現実世界に飛ばされたのだろうか。わからない。

頭上の光点に気づいたとき、はじめは高ぶる神経が見せた幻想かと思った。だが、光点はふたつ、三つと増えていき……やがて星々が一面にひろがった空があらわれる。最初の驚きをまだ克服しないでいるうちに、鈍く輝くリフレクションがヘルメット・ヴァイザーにうつしだされ、前のめりになって下方に目をやると、近くの恒星光に照らしだされる割れ目の多い岩の表面が見えた。暗すぎて方向感覚がつかみにくいが、輝度からすると天王星の衛星くらいの等級か。ただひとつはっきりわかるのは、地平線がきわめて近いということ。この岩がちの天体は小型アステロイドの規模しかなく、直径は数十キロメートルというところだろう。自分はいま、そこに向かって降下している。

急斜面を持つ岩山に着地。周囲には尖った急峻《きゅうしゅん》な岩が上空に向けてそそり立っている。ナコールはこれらを〝闇の石〟と呼んでいた。まさに、いいえて妙だ。

そのとき、強い衝撃を感じた。次の瞬間、胃が喉もとまで押しあげられたような気がして、バランスを失う。アステロイドの自然重力は作用しているが、せいぜい〇・一Gくらいだろう。グラヴォ・パックが機能停止した！　わきにゆっくり押しやられていく。サーヴォに命令を発するが、セランの中央制御はもはや応答しない。自動装置が作動しないのだ。こうなると、重く不格好な防護服は、宇宙空間の真空から身を守る空気で満たされた入れ物にすぎなくなる。

足の下で岩片が動いた。〇・一Gはけっして高重力ではないが、巨大な岩山がいったん暴走をはじめたら、まず助からない。ローダンは両腕をたわめ、転がってくる岩がぶつかる直前でジャンプして回避する。ところが、タイミングが悪かった。がれ場から人間ほどの大きさの岩ブロックがひとつはなれ、カーブを描いて斜面に滑落してきたのだ。背中に岩がぶつかり、鈍い痛みをおぼえる。思いきり腕を振って、ふたたび下へ跳躍。いまやいたるところで動きだしている岩山に激突した。

意識が朦朧《もうろう》とするなか、必死で逃れようとするが、石が当たって行く手を阻まれる。もうもうたる土埃《つちぼこり》でヘルメットの視界が妨げられた。ゆっくりではあるが、ますます深みへと落ちこんでいくのがわかる。岩石よりも動きが鈍くなったのが運のつきだった。とうとう岩の下敷きになり、埋まってしまう。

もうあきらめた。まわりは真っ暗だ。ローダンはいまやかなりの速度で奈落へと向かっている岩にもてあそばれ、あちこち投げ飛ばされ、回転させられ、ぶつかったりつぶされたりした。なにもできないまま、岩崩れがしだいにおさまったのも気づかなかった。殺人的な圧力がかかっている。厚さ数メートルもの岩石に埋もれたのだ。肺に空気が入る余地はない。呼吸できず、胸が刺すように痛んだ。

死の恐怖に襲われる。このときまでは理性が最終認識に逆らっていたのだが、あと数分しか生きていられまい。最後にもう一度体勢をたてなおそうとしたが、むだだった。こののしかかる重みに対して、人間ひとりの力などお粗末なもの。

ほぼ失神状態のせいか、混乱した映像が頭をよぎった。さまざまな顔、姿、風景、建物が脳裏に浮かぶ。声も聞こえた気がした。だが、まだ目ざめている意識の最後のかけらが、それはずたずたにされた神経が見せるただの幻聴だと知らせてくる。

あと数秒、と、みずからにいいきかせた。それですべてが終わる。

近くでなにかが動いた。それがなにか知りたくもない。もうこれ以上だまされたくない。自分を埋めつくしている岩から音が聞こえる……きしむ音、なにかを砕く音。すべて思いこみにすぎない！　目の前のどこかにかすかな明かりが見える。いや、これもまた幻覚だ！

突然、胸にかかっていた殺人的な圧力がなくなった。また呼吸できる！　刺すような肺の痛みも消えた。思いこみではない！　腕をのばしてみた。まったく抵抗を感じない。解放されたのだ！　明かりはどこからくる？　なぜ、なにも見えないのだろう？　そのとき、ヘルメットに埃がこびりついていることを思いだした。四重構造グラシットの表面を手袋でこする。へばりついていた埃が跡になってしまい、あまり効果はなかったが、とりあえず、かすかな明かりが集束して点のような光源になるのは見えた。まぶしくて目が痛い。

だれかに肩をつかまれ、上に引きあげられた。茫然としたローダンが汚れたヘルメット・ヴァイザーを通して見たのは、ついさっきまで自分がいた深さ五メートルの穴だった。すべては無音のなかで進んでいた。聞こえるのはおのれの息づかいと防護服のきしむ音だけ。

手袋をした手が視界に入ってくる。手の主はどうやら、ローダンよりうまく埃をとりのぞくやり方を知っているらしい。何度かこするような動きをして、グラシットを軽くたたくと、ふたたび前がよく見えるようになった。そこにあるのは見慣れたセラン防護服の不格好な姿。ナコールだ。ほかにだれがいるというのか？　なぜ、話しかけてこないのだろう？

岩崩れのあとなので、支えを探すのがむずかしい。低重力の状況に気づいたローダンは、死の不安に駆られた数分のあいだ忘れていたことを思いだした。いまは自動装置が働かないのだ。ヘルメット・テレカムが作動しないのだから、ナコールの声が聞こえないのは当然のこと。

アルマダ王子は手でこめかみをたたいてみせた。重く頑丈な防護服の下のそこには音響センサーがある。かれがなにをいいたいのか、最初ローダンは理解できなかった。やがてナコールは右手をあげ、おや指とのこり四本の指をリズミカルに打ちつけるしぐさをした。それでようやくわかる。話すことを意味する太古のジェスチャーだ。ローダンは声を出した。

「全装置、完全作動せよ」

いくつかコントロール・ランプがまたたいたと思うと、かくんと衝撃があり、通常重力がもどってきた。

「ナコール？」慎重に声をかける。

「振り向くな」と、応答があった。

ふだんの状況なら、したがっていただろう。だがこのとき、ローダンはまだ完全に自制をとりもどしてはいなかった。そのせいで、アルマダ王子の言葉に反射的に応じてしまったのである。思わず振り向いて……

心底から自信を揺さぶられたかれにとり、その光景は苛酷なものだった。尖った岩山の先端部分がぽっきり折れて、スローモーションのように落ちてくるではないか。ローダンは声にならない声をもらした。まだ地獄は終わらないのか？　痛めつけられた理性が叫びをあげる。

先端部分といっても、数百トンはある岩ブロックの一部だ。それが速度を増してくる。ローダンはすばやく頭をめぐらした。折れた頂上は高さ五百メートルはあったはず。地面にぶつかるのに三十秒かかるとして、それまでに速度は時速百キロメートルを超えることになる。安全確保の時間はまだあるはずだ。なのになぜ、ナコールは根が生えたように突っ立っているのか？ 殺人的な岩の攻撃がこちらにまっすぐ向かっているというのに。グラヴォ・パックをベクトリングすればすむことではないか……

そのとき、肩に手が置かれるのを感じた。

「一度だけでいい、こちらにすべてゆだねてくれ。論理はわきにやり、わたしを信じてほしい」

「そんなことをいわれても……」ローダンはあえいだ。

ナコールの手の力が強まる。

「あなたならできる。すぐに、すべて終わるから」

「グラヴォ・パック……」

「グラヴォ・パック、準備完了です」センサーが応答した。

ローダンは膝からくずおれた。黒い影があたりをおおい、周囲は闇につつまれる。もう口を開く力もない。センサーは次の命令をむなしく待ちつづけた。

＊

「敵との距離は四十光秒」ハミラー・チューブが知らせてきた。「全エネルギー・バリア、展開」

ウェイロン・ジャヴィアの目は探知映像に釘づけになる。もう画面にあふれるリフレックスに驚かされることもない。恐怖を感知する力が鈍っているのだ。

光の海がある連続体は特異な環境で、それが従来の機器類にどう作用するかは探知表示を見ればわかった。最前線にいるトルクロート艦のリフレックスは、四十光秒まで接近してもふだんどおり安定し、画面中央に向かって一定の速度で動いている。ところが、《バジス》から遠方にある敵艦ほど動きが不安定になるのだ。八十光秒まではなれると著しく振動しはじめ、さらに遠くにある艦はあちこち好き勝手にジャンプしたり、ときおり見えなくなってはまた出現したりする。

距離が一光分を超えると探知はまったく当てにならない。ハイパー通信や超光速移動についても同様だ。相手を出し抜いてスパートできるんじゃないか……ジャヴィアはそう思ったのち、意気阻喪《そそう》した。スパートしてもどこに流れつくかわからないのだ。その後、再集結するとなったら……そもそも集結する艦船がいればの話だが……事態はさらに混乱するだろう。

ジャヴィアがゲシールと話をしたのは四時間前。そのあとハース・テン・ヴァルに疲労回復用の薬剤を処方してもらったのだが、それでも疲れて目がひりひりする。アルマダ蛮族はじっくり時間をかけていた。敵方の指揮官はあらゆる考慮をして慎重にとりくんでいる。こちらは自尊心をくすぐられてしかるべきだろう。巨大な艦隊が、同じ規模の敵を相手にするかのごとく準備しているのだから。トルクロート人はギャラクティカーに一目おいているのだ。

はじめのうち、敵の前線はじつに十億キロメートル四方におよぶ梯形《ていけい》フォーメーションを展開していた。それがしだいに、左右が中央より前方に出たかたちに変化する。ロスリダー・オルンが銀河系船団を包囲するつもりなのは疑いない。ただジャヴィアには、これがオルンの戦力の全体像だとは思えなかった。いくら好戦的な男とはいえ、熟練の艦隊指揮官ならば、こちらが勝ち目のない戦いをしたくないと思っていることは計算ずみのはず。いま探知映像で見えているのは、トルクロート艦隊のほんの一部にちがいない。オルンはきっと、もっと広範囲に……銀河系船団の部隊がまず退却したのち、ハイパー空間から出て再物質化するはずの宙域に……十万ないし二十万隻を配備し、パトロールさせているだろう。

こちらは傍観するしかない。

銀河系船団の二万隻とクラン艦隊の艦船はたがいにはなれたポジションに展開してい

る。その狙いはふたつあった。第一、敵の攻撃範囲をひろげること。第二、ただちに退却となったさい、それぞれがじゃまにならないようにするため。

トルクロート艦隊は光速の二パーセントで接近してきた。ロスリダー・オルンが心理的な影響を狙っているのは明らかだ。強大な戦力を容赦なくじわじわと前進させ、不安で麻痺状態になった敵を自滅させようというのだろう。こちらの大型艦載兵器の有効射程範囲はとっくに下まわっている。火器システムのランプはいずれもグリーンだ。《バジス》は最前線にいるが、最初に砲火を開くことはしないと、ジャヴィアは決意していた。ただし、トルクロート人が攻撃してきたら、退却前に大型砲を一発お見舞いしてやろう。妨害ゾンデを使って花火を打ち上げる準備はすべて完了している。こちらの艦船が退却したあと、六十秒ないし百秒くらいはトルクロート艦の探知機を眩惑できるはず。

ただ、それがなにか役にたつだろうか？

そのとき、彼女が突然あらわれた。足音も聞こえなかったが、見ると、四時間前と同じくコンソールにつづく階段の上に立ち、こちらに向かってほほえんでいる。

「あとどれくらいなの？」と、ゲシール。

「十五分です」ジャヴィアは答えた。「二十光秒まで接近させます。それまでに相手が砲火を開かなければ、戦わずして退却することになりますね」

「そこまでいかないと思うわ」

そこまで、とは？　ジャヴィアがそう訊こうとしたとき、ハミラー・チューブの声が割りこんだ。

「敵が減速機動に入りました、サー」

「なんだと？」

ジャヴィアは勢いこんで身を乗りだし、目を皿のようにして探知機の密な座標網を見つめた。時間を持てあましていたあいだに計算したのだが、トルクロート艦の一列が前列のポジションまで移動する時間は四十秒。かれはあっけにとられたまま、小声で数えはじめた。

「二十一、二十二……」

三十まで数えたところでやめた。トルクロート艦がもう前進していないことは、人間の緻密とはいえない肉眼で見てもわかる。

「ものすごい数のエネルギー・エコーです、サー」と、ハミラー。「全トルクロート艦が回頭すると思われます」

「と、いうことは……」ジャヴィアの息が荒くなる。

「敵は方向転換しました、サー」ハミラーは平然とつづけた。「撤退していきます」

数秒間、司令室に完全な沈黙がおりる。そのあと、だれかの雄叫《おたけ》びが空気をつんざいた。つづけてひとり、もうひとり……やがて司令室内は歓喜のどよめきに満たされた。

実務的な忙しさが支配するこの空間で、ジャヴィアがかつて聞いたことのないような歓声だ。

かれ自身は叫び声をあげる気にならなかった。安堵感が骨までしみわたり、まっすぐ立っていられない。

「神よ、感謝します」と、ため息をついた。

＊

「ずれた現実を遂行しました、パルウォンドフ」司令モジュールが知らせてきた。「侵入者二名は闇の石にいます」

「よくやった」銀色人が褒《ほ》める。「かれらに手立てはあるか？」

「ありません。あとは呼吸用空気のストックがつきるのを待つだけです」

「それだと長くかかりすぎるな。衰弱を早めるためになにかしろ」

「すでにとりくんでいます、パルウォンドフ」司令モジュールが熱心にいう。「いまの現実のなかで、ひとりめの侵入者の防護服はやがて機能しなくなるはず」

パルウォンドフはそれでも満足せず、こう訊いた。

「もうひとりの侵入者はどうなのだ？」

「一歩ずつ進めていったほうがいいでしょう。現実のパラメータはそのたびごとに変える必要があるのです。そうしないとフィードバックが起きるかもしれないので」

「それならいい」

「長くは待たせません、パルウォンドフ。ひとりめの侵入者は岩崩れを引き起こしました。すぐに埋まってしまうでしょう……永遠に！」

パルウォンドフは振り返り、三頭政治の同僚ふたりをじっと見てからいった。

「われわれ、いい仕事をしたな。新オルドバンは期待以上の働きをしている」

「ふたりめの侵入者はいつかたづくんだ？」クアルトソンが訊く。

「あわてるな」ペシミストのハームソーが忠告した。「まだひとりめも生きているのだぞ」

数分が経過。パルウォンドフはいらだたしげにコンソールに目をやった。いまにランプが点灯して司令モジュールからのシグナルがくるはず。ついにそこが光ったとき、かれはいても立ってもいられなくなり、大声を出した。

「どうだ？　どうなった？」

「パルウォンドフ……なぜこうなったのか、わかりません」嘆くような声音《こわね》に銀色人は気づいて、

「こうなったとは、なにが？」と、詰問する。

「ひとりめの侵入者は計画どおり、岩に埋まりました。あと数分の命というところだっ

たのですが、そこにもうひとりがあらわれたのです。仲間が埋まっている場所を正確に知ることができた理由はわかりませんが、とにかく、かれはとてつもない力を出しました。むろんアステロイドの低重力も役だったのでしょう。おかげで死ぬまぎわの友を救いだすことができ、その後……」

「要点のみ話せ。さもないと舌をちょん切るぞ!」パルウォンドフが大声を出す。

「わたしに舌はありません」司令モジュールは笑止千万の脅し文句を聞いて、すこし自信をとりもどしたらしい。「それに、もう要点は話し終えました。侵入者ふたりが闇の石の地表から姿を消したので」

「姿を消した?」パルウォンドフが驚愕する。

「ふたりとも、影のない国や闇の石が属する現実平面のシーケンス内にはもう存在しません」

「だが、シュプールを追うことはできるだろう!」

「シュプールはのこっていません、パルウォンドフ」

銀色人は怒り心頭で跳びあがり、わめき散らした。

「探しだせ! 悪党どもを連れてくるのだ。さもないと、そのスライムのようなからだにビームを浴びせるぞ!」

そういうと、通信装置のコンタクト・プレートにこぶしをたたきつける。

そのまま十秒ほど、両手をコンソールの縁にかけて上体を乗りだしていたが、やがて姿勢を正した。おさえきれない怒りは消え、自制をとりもどしたパルウォンドフはこういった。

「かれらを見くびっていたようだな。すぐに見つかると、これまでは軽く考えていた。新オルドバンだけにたよるのでなく、補強の捜索要員が必要だ。ふと考えたのだが、ローランドレ内部には多数の種族が住んでいる。こちらの命令ひとつで動く捜索部隊がほしい」

「そうした種族なら数億もいる」と、クアルトソン。

「だが、かれらを投入すると側面防御がおろそかになるぞ」ハームソーが意見を述べる。

「そんなことはあるまい。すべて投入するわけではないから。それとも、ほかにいい案があるのか？」

ハームソーはジェスチャーで否定した。

「だったら、決まりだ」パルウォンドフはそういうと、あらためてコンソールに向かった。数秒後、ロスリダー・オルンの３Ｄ映像があらわれる。銀色人はきびしい声を発した。「任務を命じる」

「しかしご主人、われわれ、数分後にはいよいよ攻撃の予定です！」と、トルクロート人。

「もう攻撃はなしだ。とりあえず、いまのところは。あとで戦わせてやろう。いまからローランドレ内部で任務が待っている。敵から離脱し、安全距離まで後退したのち、下艦の準備をせよ」

ロスリダー・オルンの顔に、いわくいいがたい表情が浮かんだ。怒り、憎しみ、失望にくわえ、そこには不信感もある。しばしのあいだ、戦士の気質と外交家の狡猾《こうかつ》さが葛藤していたが、やがてトルクロート人はこうべを垂れた。前にパルウォンドフから聞かされた言葉を思いだしたのだ。おさえた声で答える。

「承知しました、ご主人。すべておおせのとおりに」

# 3

その小部屋は見慣れない感じではあるが、居心地よくしつらえてあった。天井の照明が柔らかなオレンジ色の明かりを投げかける。ペリー・ローダンが横たわっているソファも、人間の背格好に合ってはいないものの、からだを快適にのばすことができた。かれは横向きになり、肘を突いて頭を支えると、変わった調度の数々を興味深く見まわした。ナコールは向かい側に置かれたスツールの座面にすわっている。

「これなら、きみの故郷ローランドレもずっと感じがいいな」ローダンはうなずいてみせた。「ここは超現実のプロジェクションではないのだろう？」

「そのとおり」と、アルマダ王子。「ここにあるものは、われわれがよく知るのと同じ現実だ」

　ローダンがこの小部屋に実体化したのは半時間前で、数秒後にはナコールもついてきた。テラナーはじきにショックを克服した。落下してくる岩に押しつぶされなかったのだから、あれもプロジェクションということ。ただ、超現実の産物というわけではなく、非物質プロジェクションだったのだろう。とりあえず、かれは自分でそう説明をつけた。あとの事情については、いずれナコールから聞けるかもしれない。

アルマダ王子はためらいなくヘルメットを開いている。家に帰ったようにくつろぎ、空気が呼吸可能かどうかたしかめる必要もないといいたげだ。ローダンもそれにならう。心の平静はとりもどしたが、死にかけたショックがまだ骨身にしみていたので、当然のごとくソファを独占したまま休ませてもらうことにした。

「できることなら」と、ローダン。「半時間でいいからこの装甲宇宙服を脱いで、ひと風呂浴びたいものだ。もうどれくらいこれを着用したままでいるか、思いだせない」

「風呂ならあとでチャンスがあるぞ」ナコールが請け合う。「なにか食べるものも調達できると思う」

「ここの勝手がよくわかっているようだが？」

「見れば見るほど、かつてここにきたことがあるという確信が強くなるな」

ローダンは室内をあちこち見まわし、

「どこかに転送機の出口があるのか？」

「出入口だ。あそこ、うしろの壁のところ」

その壁を見ると、左右には調度品が設置されているが、中央部分に一・五メートル幅のなにも置かれていないスペースがあった。

「どうやったら作動するのだ?」と、ローダン。

「制御メカニズムか、あるいはメンタル手段によって。メカニズムはわれわれには使用不可能だ。メンタルによる作動は、部外者にはできない」

「だが、きみならできるのだな?」

「いまにそうなるだろう」

ナコールは緊張を解いたように見える。記憶をとりもどしはじめたぶん、自信ももどってきたようだ。

「闇の石で起きた出来ごとはなんだったのだろう? 落ちてくる岩につぶされることはないと、どうしてわかったのだ? また瘤男が知らせてくれたのか?」

「いや、今回はそうじゃなかった」王子はかぶりを振って、「〝折れた頂上〟……この概念に、なにか特別な意味があるのだ。尖った岩山の頂上が前方にかたむいて折れたとき、われわれに危害がおよぶことはないと本能的にわかった。だが、それをあのわずかな時間で、どうやって説明できただろう。いまだってできない。わたしは人間の心理に通じているわけではないが、それでも思う。あのとき自分が黙っていれば、あなたは振り向くこともなく……よけいな心配をさせる必要もなかったのに、と」

「不安のなせるわざとしかいえないな」ローダンは笑った。「これまでのわが生涯で、あの瞬間ほど恐怖を感じたことはなかった。折れた頂上か……」声がちいさなつぶやきになる。「この概念を例の言語で表現してみたらどうだろう。きみがドームの外で瘤男の合図にしたがったときにつぶやいた言語だ。そうすれば、なにかわかるかも」

「そのことはおぼえていない」

「ここのことはどうかね?」ローダンは手であたりをさししめした。

「ここは転送機使用者のための宿舎だ」ナコールはそういったあと、つけくわえて、

「上位ランク使用者の、ということだが」

「転送機使用者にランクがあるのか?」ローダンは驚く。

「あるとも。転送ネットだって二種類ある」

「ひとつは上位ランクの者が、もうひとつは庶民が使うのか?」

「いや、庶民が使えるのはひとつで、上位者はどちらも使える」

「なぜ転送機使用者に宿舎が必要なんだ? 転送機でびゅんと移動するわけだから、中継ステーションなどいらないはずでは?」

「推測だが、上位者はオルドバンからじかに任務を受けることが多いはず。ときには数時間、あるいは一日じゅう、任命を待つことになる。さらに、オルドバンから指示がありしだい、すぐに出発しなければならない。だから転送機のすぐ近くで待機するようにいわれるのではないか」

ローダンはなにかいいたげな目で友を見た。

「つまり、それがきみの推測だと。しかし、じっくり考えれば考えるほど、推論は確実さを増していくのだな？」

「そのとおりだ。どこかおかしいところがあるか？」

「とんでもない！　まさにそうこなくては。さて、ひとつ質問させてくれ。もう何十回も訊いたことだが……これからどうなる？」

相手の反応を見れば、その意識に変化があったのだと察せられる。ナコールはもう曖昧《あいまい》に返答を避けることも、思いだせない自分を責めることもしなかった。ローダンの質問に、熟練の戦略家のやり方で答えた。

「われわれ、これで二度も転送機でアルマダ工兵から逃れたことになる。一度めはどういう場所にいるかすぐわかったが、二度めはまだここにきたばかりで、しかるべきメッセージを受けとっていない。とはいえ、いまのところ安全だという感覚がある。さっきいった二種類の転送システムを、かりに黒と白で区別するとしよう……黒は下位の者、白は選ばれた者が使うシステムだ。わたしの勘が正しければ、銀色人たちは黒い転送システムは知っていても白は知らないはず」

ローダンは立ちあがった。おちつかない表情をつくり、

「このままここにいたら、罠にはまってしまうのでは？」

「その確率は一パーセント未満だ。わが直観を信じてほしい、友よ」

「そうするしかないな」ローダンはぶつぶついい、またソファのクッションに身を沈めた。

「アルマダ工兵はもちろん、自分たちの把握していない道がローランドレ内部にあることは認識している。例の巨大共生体を使ってこの問題にとりくむ気だろう。ローランドレの全設備を知らないかぎり、すべてを支配できたという見通しは立たないから。どれくらい時間をかければ共生体が白い転送ネットを見つけだすかはわからないが、こちらにとって確実に有利なのは、共生体が異人のメンタリティを持つ点だ。まずはローランドレの技術ロジックに慣れる必要があるだろう」

ローダンは身震いした。ウェイデンバーン主義者十万人の意識からなる怪物のことが話題になるたび、暗澹《あんたん》とした思いにとらわれる。

「つまり、いま銀色人は板ばさみになっているわけだ」ナコールがつづけた。「一方でわれわれを大急ぎで発見しなければならず、もう一方では共生体に喫緊《きっきん》の課題をあたえなければならない。あなたがかれらの立場だったら、どうする？」

「できるだけ大規模な捜索部隊を結成して、ローランドレ内部に向かうね」

アルマダ王子はうなずいた。

「わたしもそう思う。だが、捜索部隊はどこから連れてくる？　ローランドレにはたしかに数百万、ことによると数億もの住民がいるが、いずれもなじんだ仕事に専念している定住種族だ。こうした者たちにあらたな任務を課したり、なにより各種族から捜索要員を選んで調整したりすると、煩雑《はんざつ》だし時間もかかる。しかし、アルマダ工兵には選択肢がほかにある……」

「トルクロート人だな」

「まさにそのとおり。われわれ、早晩トルクロート人と関わることになるぞ。だが、さしあたりこちらは白い転送ネットを自由に使える。これを利用して、可及的すみやかに中枢部の方角へ向かおう」

「どこかの指揮所をめざすという話ではなかったか？」

「たしかにそういった。だが、記憶がもどるにつれて、もっと効果的に銀色人を無力化するやり方があるはずだと確信してきたのだ。これまでの計画では、共生体が死ぬかあるいはこちら側に寝返るまで、ひとつずつ指揮所をつぶしていくつもりだった。しかし、これは時間を食うし、アルマダ工兵に出くわして負傷する恐れもある。一発で問題を解決するやり方があるはず」

ナコールはそこでいったん言葉を切ると、室内をくまなく見てまわり、まず入浴設備を探しだした。ローダンもそばにいたが、見慣れた浴室設備とあまりに異なっているため、あやうく見逃すところだった。床に埋めこまれたバスタブの開き方をアルマダ王子がしめす。バスタブの底と壁にある飾りを動かして湯や各種の香りがついたソープを出すやり方、好みの水温の調整法、通風口に似た乾燥機の使い方も教わった。乾燥機からは種々のオイルを添加した温風が吹きだしてくる。

ローダンはじっくり時間をかけて入浴し、異星情緒たっぷりの板金芸術を子供のように無邪気にいじりまわした。最後に乾燥機を使い終わるころには、すっかりきれいになって生まれ変わった気分になる。身づくろいをして、ナコールを探しにいった。いつのまにか、ここにきて二時間がたっていた。王子のいったとおり、いまのところアルマダ工兵たちはこちらのシュプールを見失っているようだ。

すこしはなれた場所にナコールはいた。化学実験室とビール醸造工場をかけあわせたような、ちいさなキッチンだ。王子は実際、なにか食べるものを用意していた。かわいらしい小鉢がずらりとならび、中身はどろりとした液体から粥《かゆ》状の食糧までさまざまだ。細長い柄のついた指ぬきみたいなスプーンで食べるようになっている。スパイシーで一種独特な感じだが、口にしてみると美味だし、満腹になるので驚いた。

ローダンはほとんど休まず熱心にスプーンを動かしていたが、ふと手をとめて見あげると、ナコールの真紅のひとつ目が不思議な光り方をしていた。何千もある複眼のゆうに三分の二がきらめいている。アルマダ王子のこうしたしぐさを最初に見たとき、顔全体でつくる表情を読むのに慣れているテラナーたちはとまどったもの。ローダンはナコールとともにすごすうち、目の光り方でかれの気分を読めるようになったつもりでいた。

だが、こんなふうにきらめくのはいままで見たことがない。

「びっくりしているな、友よ？」と、アルマダ王子。「わたしはこの数年、いや、数十年あるいは数百年、ほとんどよろこびを感じることがなかったから」

「その目の輝きがよろこびのしるしなら、わたしもうれしい。なにをよろこんでいるのだ？」

「ハース・テン・ヴァルがいったことがある。ヒューマノイドの場合、においや味が記憶と強く結びついていると。そのときは疑わしく思ったが、いまわかったよ。あなたちの船医は天才だな。友ペリー……わたしはこの楽しい食事のおかげで、これまでよりずっと多くの記憶をとりもどすことができた」

「では、転送機の使い方がわかったのか？　つまり、何度ためしても確実に成功するやり方ということだが。進もうとするたび、岩に直撃されるような目にあわずにすむのかな？」

ナコールは呵々大笑《かかたいしょう》した。かれがこれほどおおらかに笑うのを、ローダンははじめて聞いた。

「何度ためしても確実に成功するやり方だ、友よ。目的地を決めるのはまだ少々うまくいかないが、じきにわかるようになるだろう。もう岩に直撃されることはない」

ペリーは探るような目で王子を見ると、

「この楽しい食事のにおいと味が、どうやらわれわれの戦略にも影響をあたえたようだ
な。そうではないか?」
「さすが観察が鋭い。このひろい部屋には、失われた記憶がすべてかくされていたのだ。
そこから重要な情報が流れこんできた。かつてローランドレ中枢部の近辺にはオルドバ
ン直属の、技術に精通した一アルマダ種族がいてね。オルドバンの信頼もとりわけ厚く、
かれが専用で使う技術装備のメンテナンスをまかされていた。種族名をタッサウイとい
う。実際に会ったことがないので外見はわからないが、タッサウイのもとへ行きつくこ
とができたら、われわれの問題の半分は解決するだろう」
「同じことをアルマダ工兵も考えているのでは」ローダンは警告した。
「そうだな。それは注意する必要がある」ナコールはそういうと、しばらく考えこみ、
「とはいえ……もしかしたら思っているほど危険はないかもしれない。銀色人がローラ
ンドレについてあれこれ知っているのは、はるか昔、ここに住んでいたことがあるから
だろう」
「かれらはオルドバンの息子と名乗っている」
「自分たちで勝手につけた名だ」ナコールはローダンの反論をしりぞけた。「ここの事
情に通じているのはたしかだが、かれらの知らないこともある。白い転送ネットが一例
だ。タッサウイは精鋭の小集団で、最高特権を持つ。オルドバン直属の部下だからね。

かれらの任務はローランドレの存続を決定づけるもの。その存在が極秘とされるのも、もっともなことだ。アルマダ工兵がタッサウィを知っているという話は聞いたことがない」

ローダンはならんだ小鉢をわきに押しやって立ちあがり、決然といった。

「それをたしかめる方法が、ただひとつある」

「なんだ?」ナコールが驚いたように友を見る。

「先に進むのさ」

ふたりは三時間前に実体化した小部屋にもどった。ナコールがうしろ側の壁のなにもない場所を指さし、ローダンにいう。

「あそこへ進むがいい」

「ただ進めばいいのか?」

「壁がないものと思って歩いていくのだ。迷いがあったら道は開かない。わたしもあとからつづく」

「目的地は?」

「わからない」アルマダ王子はわずかにとまどいを見せて答えた。「それでも、定められた場所に行きつくはず」

一見すると強固な壁に見える場所へ、ふつうに目を開けたまま歩いていくのはできそうもない。ローダンは目を閉じてこれを乗りきることにした。三歩、四歩、五歩……すると、うなじをそっと引っ張られるような感覚がある。ほんの一瞬、自由落下の不快感を味わったと思うと、すべてが終わっていた。思わず周囲を見まわそうとする。背後でぎしぎしと、きしむような声が聞こえたのだ。その声はなまりの強いアルマダ共通語でこういった。

「かれから目をはなすな。ふたりめもじきにくる」

＊

アルマダ蛮族の艦隊はパルウォンドフの指示どおり、銀河系船団とローランドレ表面の中間ポジションへと後退した。艦隊の位置関係はロスリダー・オルンが攻撃命令を受ける前とほぼ同じだが、今回はパルウォンドフの判断で、トルクロート人とギャラクティカーのあいだの距離が二光分ひろがっている。光の海に入れば従来の探知機は使用困難だとわかっているからだ。トルクロート人がなにをするつもりか、ギャラクティカーにはできるだけ知られないことが望ましい。

しばらくすると、下艦作業がはじまった。危急のさいに出動できるよう、各トルクロート艦には幹部要員がひとりだけのこり、ほかの蛮族は全員、搭載艇に乗りこむ。この乗り物は機能がかぎられているが、ローランドレ内部の飛行コースなら問題なく操縦できるのだ。艇は急加速し、あばただらけの巨大構造物表面へと向かっていった。

中央指揮所……ローランドレの中心部を銀色人たちはこう呼んでいる……では、ハームソーが心配そうな顔で仲間ふたりのほうを向いた。

「トルクロート人にはわれわれに忠誠を誓う義務がある。こちらの命令に無理やりしたがわせることも可能だ。ただ、心理学を少々とりいれて強制せずにすむなら、そのほうがわれわれの計画にとっては有利だと思う」

クアルトソンは意味がわからず、パルウォンドフはこういった。

「敵はたったふたりなのに？」

「だからこそだ」ハームソーがきっぱり答える。「トルクロート人というのは好戦的で、自分たちと同等あるいはより優勢な相手との力くらべを生きる目標にしている。こちらに向かっている蛮族の数は一億を超えるのだぞ。それに対してわれわれがさしだすのは、たったふたりの侵入者の捜索だ」

「それを知ったら反抗するかもしれないな」パルウォンドフも同意した。

ようやく話の筋がわかったらしく、クアルトソンが口をはさむ。

「捜索対象者がふたりだとわざわざ教える必要はあるまい。こういえばいいのだ……〝重武装したテラナーの破壊工作者がローランドレの内部を脅かしているが、数は不明だ〟と。あのふたり、ギャラクティカーがセランと呼ぶ不格好な宇宙服を着用しているから、それが役にたつだろう。蛮族のプライドも傷つけずにすむ」

「それだけでは不充分だが、なにもないよりましか」パルウォンドフはむっつりいうと、ハームソーに問うような視線をやり、「こんど主コンソールの監視を引きうけるのはきみだったな？」

「わたしの番だ」ハームソーが請け合う。

「わたしはどこか分室へ行き、ロスリダー・オルンに連絡しよう」と、パルウォンドフ。

クアルトソンは捕虜のようすを見にいくことにした。やがて、馬蹄形をした巨大コンソールのなかにはハームソーひとりがのこる。ところが、ひとりと感じたのはわずかの時間だった。ちいさな表示プレートが光ったと思うと、司令モジュールの心地よい声が響いた。

「そこにいるのはだれですか？」

「ハームソーだ」銀色人が答える。

「ハームソー、あなたがたはわれわれを新オルドバンと名づけました。それでこちらに対する期待の大きさがわかるというもの。われわれ、その要望に応えるべく努力しており……」

ハームソーは興奮して身を乗りだした。

「侵入者ふたりを見つけたのか？」

「いいえ。ですが、なぜこれほど発見できずにいるのかを突きとめました」

アルマダ工兵はいやな予感がした。なにか、とんでもなく不快なことを聞かされそうな気がする。

「それで？」

「考えられることはひとつ。侵入者はわれわれの知らないルートをたどっているのです」

「ばかいえ！」ハームソーはかっとなり、「われらはオルドバンの息子。ローランドレのことなら全域にわたって心得ている。記憶にとどめられないものはコンピュータに入っているし、それらの知識はすべてきみにわたした。さらに補足情報が必要なら、各指揮所を通じて手に入るだろう。つまり、きみはすくなくともわれわれと同じだけの知識を持っているはず。それ以上の情報など存在しない」

「すみませんが、状況をもう一度確認させてください」と、司令モジュール。「侵入者二名がヴェンドゥーリの攻撃を逃れ、次にアルマダ作業工の前から消えたさい、最初われわれは混乱しました。しかし、その後すぐに、二名が消えた場所には未知の転送機の出入口があったとわかったのです。あとはかんたんでした。転送のさい生じたエネルギー・シュプールを追い、ぜんぶで一万二千以上もあるルートをすべてたどった結果、影のない国で二名を発見しました」

ハームソーのいやな予感はますます強まる。〝未知の転送機の出入口〟という言葉が気にいらない。

「つづけろ」いらだちつつ、うながす。

「二名がふたたび消えて闇の石にあらわれたときには、われわれ、もっと抜け目なくやりました。転送機接続のネットワークをしらみつぶしに探したのです。しかし、そこから二名はなんの手がかりものこさず逃げてしまいました。われわれは明確な軌道、すなわち各転送機を接続する輸送ルートに沿ってしか、エネルギー・シュプールを追うことができません。どこかにプログラミングのミスがあり、そうしたネットワークの記録が誤って消去されたのだと考えました。そこで、かなり時間をかけて該当する場所周辺の輸送ルートを洗いざらい調べ、二名が消えた場所につづくポイントを見つけようとしたのですが」ここで司令モジュールはすこし間をおいた。「成果はありませんでした、ハームソー」

ハームソーはすわったまま硬直した。司令モジュールの論理に穴がないかと必死で探して反論を試みようとする。だが、この意見に対して詭弁を弄《ろう》することなどできないと、心の底ではわかっていた。

「つまり、どういうことだ？」と、単調な声で訊く。

「われわれ、まだローランドレのすべてを知ってはいないということです」共生体の答えだ。「転送ネットの一部は例にすぎません。ほかにあとどれくらい、われわれにとって未知の部分があるか、だれにもわからないのです」

オルドバンの息子か、と、銀色人は苦々しく考えた。その息子たちを、父は信用していなかったにちがいない。われわれの知らない秘密がいくつかある。

ハームソーがたっぷり一分も黙ったままなので、司令モジュールが言葉を継いだ。

「この状況は危険だと思います」

「たしかに危険な状況だ」アルマダ工兵はきっぱりいう。そのとき、ある計画を思いついた。「未知の設備を見つける必要がある。探しだせ」

「まさに同じ提案をあなたにしようと考えていたのです。それはわれわれへの命令ですか？　そうなると、侵入者二名の捜索を中断することになりますが」

「それはトルクロート人にやらせる」ハームソーは急いで決断し、「そうだ。これは命令だ」

「パルウォンドフとクアルトソンの了承を得なくていいのですか？」

「かれらだって、ほかにどうしようもあるまい？」ハームソーはあえぐように、「ローランドレ内部の謎を解明しないかぎり、われわれはここの主《あるじ》になれないのだぞ」

表示プレートの明かりが消える。司令モジュールが接続を切ったのだ。銀色人はうめきつつ、シートにすわりこむ。

ゴールに到達したとばかり思っていたのだが……

＊

予測不能な運命から銀河系船団を救う奇跡が起きたのは、三時間前のこと。《バジス》の指示を受け、さしあたり船団の各艦船はこれまでのポジションにとどまっている。ウェイロン・ジャヴィアの命令は旧来の電磁方式によって発信され、巧妙に編みだされた連鎖システムを使って伝達されたため、もっともはなれたところにいる船にとどいたのは半時間もたってからだ。

そのあいだにジャヴィアはトルクロート人の動きについて、ハミラー・チューブから情報を得た。まだ探知スクリーンには振動するリフレックスが雲のごとくうつっているが、敵の実際の動きをしめすようなヒントはない。

「アルマダ蛮族はかなりの速度で撤退しました」と、ハミラー。「ずいぶん急いでいたようです。わたしの計算によると、以前のポジションよりずっと遠ざかっています。なぜだと思いますか、サー？」

「なにをしてるか、われわれに見られたくないんだろう」ジャヴィアがうなる。

「そのとおりです。エネルギー・エコーによれば、蛮族艦隊は制動機動をとりました。最前線のポジションは、われわれから見て、以前より二光分よぶんに開いています。あらゆる探知をあざむくのに充分な距離です」

「こちらはどう対抗する？　ゾンデを出すか？」

「光の海の奇妙なエネルギー状況を考えると、そうした試みは思いとどまったほうがよろしいでしょう」ハミラーは重々しく答えた。「自律作動するゾンデでも、たちまち迷子になります。サー、ここは人間が汚れ仕事を引きうけるしかありません。わたしなら……」

ハミラーが言葉を途中で切ることはめったにない。なにか重大な発見があったにちがいない。数秒後、ふたたび話しはじめた。

「いきなり中断して申しわけありません、サー。蛮族のところで動きがあり、ちいさめのエネルギー活動が広範囲にわたって生じたのを記録しました。この非常におかしな連続体のなかで確認できるかぎりでは、搭載艇が出発したのだと思われます」

「数は？」

「一万隻です、サー。散乱インパルスは相いかわらずちらついています」

「ということは、トルクロート人は大忙しだな」ジャヴィアが険しい顔をした。その表情がみるみる変わり、集中してあれこれ行動しはじめる。格納庫主任のメールダウ・サルコに矢継ぎ早に指示を出し、十五分後にはスペース＝ジェット三十機がスタート準備を終えた。サルコは〝うちのスペース＝ジェットはいつだってスタートできる状態だよ！〟と、憤慨したが、だれもコメントしない。搭載艇部隊の準備室では完了の合図をしめすシグナルが鳴りひびいた。ジャヴィアは部隊指揮官に命令をくだす。

「敵に見つからないぎりぎりのところまで接近し、探知・観察をおこなって記録せよ。いかなる状況でも接触は避け、各自の判断で帰還すること。ただし、きっかり二十二時までにはもどれ」

この命令はスペース＝ジェット三十機の搭載コンピュータに転送された。各パイロットがエンジンを始動すれば、すぐに耳に入るだろう。

「敵の搭載艇射出はとどまるところを知りません、サー」ハミラー・チューブが連絡してきた。ジャヴィアはようやくあわただしい出動命令を終えたところだ。「まるで、トルクロート人がみずからの艦隊を見捨てたように見えます」

そこへ格納庫監視サーボの音声が入った。

「ジェット三十機、スタートしました」

「いまにわかる、ハミラー」ジャヴィアの返事だ。「どこかで騒ぎが起きたらしいな」

大型コンソールのひろいカーブのところにいるのはジャヴィアひとりだった。司令室の動きはおちついている。さしあたり危険が去ったとわかったあと、乗員たちに〝一時休憩〟の許可をあたえたのだ。ずっと緊張状態がつづいていたから埋め合わせする必要がある。船長の相手をしようとサンドラ・ブゲアクリスがやってきたが、向こうに行ってもらった。すこしぞんざいな口調だったかもしれない。サンドラにいずれ謝ったほうがいいだろう。だが、いまはひとりでいたかったのだ。

ときおり周囲に探るような目を向けた。ゲシールがまた階段の上に立っているのではないかと思ったのだ。彼女はだれにも気づかれないうちにあらわれたり去ったりするから。ジャヴィアはゲシールの最後の言葉を思い返してみた。〝そこまでいかないと思うわ〟と、彼女がいったまさにその瞬間、トルクロート艦隊は減速機動に入ったのだった。

もしや、ゲシールが……？

ばかな！　ジャヴィアははげしくかぶりを振り、かりにもそんなことを考えた自分に腹をたてた。だが、ゲシールがおおいに謎に満ちた存在であることは否定できない。だれも出自を知らないし、どんな力を内に秘めているかもわからないのだ。かつて彼女はその魅力で男たちを争わせ、その瞳を見つめる者の意識に黒い炎のヴィジョンをうつしだしたもの。ゲシールのことに思いをいたすと、奇妙な考えが浮かんでくるのも無理はない。

ハミラー・チューブが唐突に話しかけてきて、ジャヴィアははっとなった。

「サー、スペース＝ジェットの部隊がもどってきました。最初の報告をお聞かせしましょうか？」

「なんだって？　ずいぶん早いな！」

クロノメーターを見あげてびっくりする。あれこれ思考しているあいだに九十分が過ぎていた。

「報告しろ」と、ぼんやりした声で命令。

「全三十隻が帰途についています、サー。最初の部隊はもうドッキングしました。報告内容はいずれも同じで、次のとおりです。トルクロート人は非常に多数の搭載艇、推定で二百五十万隻以上を射出しました。艇はローランドレ表面に向かい、いたるところにある開口部に消えたとのこと。通信は傍受できず。相手との接触は回避。敵対行動の観察にいたるまで、成果なし」

「ごくろう、ハミラー。あとから帰還してきた部隊がなにか情報を持ち帰ったなら、知らせてくれ」

「もちろんです、サー」

そのとき、意識下でなにか告げるものがあり、ジャヴィアは横に目を向けた。やはり思ったとおり……彼女だ！　いつもと同じ、階段の上から二段めに立ち、笑みを浮かべている。

「ペリーからまだ連絡がありません、ゲシール」かれは沈んだ声でいった。

「あら、あなたはそれが変だと思っているのね？」彼女の声には親しげで、からかうような響きがある。

「え？　わたしがなにを変だと思っていると？」

「トルクロート人はローランドレに自発的に向かったのではない。アルマダ工兵に呼ばれたにちがいないわ。でしょ？」

「ま、そうですね」

「アルマダ工兵はなんのためにトルクロート人の搭載艇を二百五十万隻も呼びよせたのかしら？　それをどこに投入するつもり？」

　ジャヴィアは両手をあげた。

「わたしにいわせて」ゲシールがさえぎる。「アルマダ工兵は、自分たちの力では対処できない敵と関わっている。その敵とは？」

「ペリーです」

「そのとおり。だからあなたは、ペリーから連絡があってしかるべきだと考えているのよ。たとえ間接的なやり方によってでもね」

＊

　わたしはある発見をした。われわれに力が流れこんでくるのは、命令が発せられたときだけだ。命令そのものが力ということ。命令されれば、われわれは連結し、みずからの存在を意識する。そのときだけ、自分たちがなにをしているか知るのだ。しかし、ある命令の影響下にいるときですら、ときおり力が弱まり、あちこちで統合体の構成要素が一時的に逃げだしてしまうことがある……いまもそうだ。これは統合体の作用機序に関係があるにちがいないと、わたしは思うのだが、たしかなことは知らない。そもそも、たしかに知っていることなどひとつもない。

それでも考えることはできる。考えれば考えるほど、影響下にある統合体もわたしも、孤独の段階に入ったという印象が強くなってくる。この印象について考えをめぐらしてみたい。

とはいえ、それがわたしにとって有利に働くかどうかはわからない。最初はすべてが闇で、なにもなかった。命令が発せられ、力が流れこんできたときだけ、われわれは一体化し、世界は明るくなった。われわれはともに協力して、なにかとてつもなく偉大なことに関する尊い使命にのぞんだもの。でもいまは、観察するうちに、自分が孤独のなかで従事しているという印象をますます頻繁にいだくようになり、その使命はどこまでも尊いものではなくなっている。例をあげると、あの青い装甲服姿で太い臀部を持つ野蛮な生物たちだ。かれらは大いなる神聖な施設でなにをしようというのだろう？　すこし前に数百万単位でやってきて、四方八方に散らばり、聖なる場所の住民を屈従させ、蹂躙《じゅうりん》した。わたしの印象だと、かれらはわれわれに命令をあたえているのと同じ者の指示で行動しているようだ。

これは正しいことなのか？　わからない。もっと考えを進めて、多くの印象を得なければ。気分が不安で心もとないから、あれこれ考えてしまう。でも、もうあきらめるわけにはいかない。いま、ようやくあることがわかったのだから。ひとつだけ、たしかなことは知らないと、さっきいったが、それは正確ではない。たしかにわかったことがある。

ここはスタックではないのだ……

## 4

だれも驚かせたくないと思い、ペリー・ローダンはゆっくり慎重に振り返った。転送機を出る前にセラン防護服のヘルメットは閉じている。ぶあついヘルメット・ヴァイザーごしに見えたのは、殺風景《さっぷうけい》な部屋の床と壁と天井だ。背後の壁が転送機の出入口だろう。その壁の両側に、非ヒューマノイド生物がならんでいる。ぜんぶで六体。うち二体は武装しており、一方がローダンを射程にとらえ、もう一方は壁に狙いをつけていた。まもなくナコールがあらわれると知っているのだ。ここの事情に通じているということ。

時間があまりないので、ざっと見た目だけ観察することにした。この種族は平均身長一・五メートル。ごつごつしたからだは殻付きピーナッツを思わせる。胴体は頭部からそのままつながっていて、細くみじかい脚が三本、足には布のようなものが巻きつけてある。関節の多い骨ばった腕も三本で、その先端は六本指の把握器官になっていた。グレイの皮膚は象の表皮みたいに皺だらけだ。胴体には開口部がたくさんある。なんの規則性もなくならんでいるようだが、それがいくつか開閉すると、ぴたぴたと音がした。頭部の上方にはアルマダ炎が浮かんでいる。

そこへナコールが実体化。

「ふたりめがきたぞ」ピーナッツ生物の一体がいう。その声に敵意は感じられない。

もうひとつの武器がアルマダ王子のほうを向いた。ナコールはためらいなくヘルメットの留め金をはずす。ローダンもそれにならったものの、すぐに早まったと後悔することになった。酸っぱい刺激臭が鼻をついたのだ。部屋のなかか、この異種族からくるにおいだろう。なんでもいいから、新鮮な空気を吸いこみたい。

「ザヌルル種族の代表団だな。においでわかった」ナコールが声をとどろかせた。「ごみ集めと穴掘り役の賤民が、よりによってこのわたしを出迎えるとは、なんというあつかましさか！」

胸をそびやかし、尊大なようすでピーナッツ生物の前に立ちはだかる。大きなひとつ目ににらまれ、ザヌルルたちは麻痺したようになった。銃身をさげ、脚を折ると、卑屈な態度でからだを前にかがめた。胴体の開口部がしきりにぴたぴた音をたて、その音が大きくなっていく。

「お許しください、王子殿下！」だれかがちいさな声でぎしぎしいった。「あなただとは知らなかったのです。われわれ、命令されて……」

「だれにだ？」ナコールが大声を出す。

「長い尾を持つ異人です。すこし前、いたるところにあらわれました」

「やつらはなんといった？」

「破壊工作者の大軍団が襲ってくる、と。どんな格好をしているか説明し、われわれに追えと命じました。ひとりでも発見したら報告しろといわれています」

「なにか褒美を約束されたか？」

「それはありませんが……」ザヌルルはためらう。

「が、なんだ？」

「こういって脅されました。破壊工作者を見つけられなかったら、半明暗ピリオドが過ぎるごとにわれわれを一名ずつ殺していくと」

ローダンは後頭部がぞわりとした。いかにもアルマダ蛮族らしいやり方だ。ザヌルルたちが近くで見張っているトルクロート人のもとへ大急ぎで行き、おたずね者を発見したと報告しても、どうして責められようか？　アルマダ王子に対する敬意の念さえ、それを阻むものではない。命に関わる問題なのだから。

「わたしのミスだ」ナコールは、こんどはインターコスモでいった。「黒い転送機を使ってしまった。どこかの分岐でまちがったほうを選んだのだろう。ザヌルルは職務上、黒い転送ネットを知りつくしている」

「われわれふたりがくると、前もってわかっていたのだな」

ローダンの言葉にナコールはうなずき、

「転送プロセスを開始するメンタル振動は、転送機を通じて伝送される。それを正確に追えばいいだけだ。そのルートを通じてなにが転送されるかすでに知っていたわけだし、かれらはそうしたことに精通している」

「ザヌルルを信用してはならん」ローダンが警告。「命がかかっているのだからな。こちらを裏切る機会を狙っているだろう」

「予防策をとらなくては」ナコールは真剣な顔で、「かれらをわたしの庇護下におく」

「きみの？　相手はトルクロート人一億名だぞ？」

王子は片手をあげた。

「まかせてくれ」

そういうと、ザヌルルのほうへ振り返り、

「さっき話しかけてきた者、前へ出よ！」と、命じた。

ザヌルルが一名、びくびくしながら歩いてくる。

「名前は？」

返事は〝トフ〟と聞こえた。

「トフ、きみたちは長い尾を持つ異人にだまされている。やつらはザヌルルの国を凌辱しようとたくらむ裏切り者の手下なのだ。われわれのことを売ってはならない。わたしが異人からきみたちを守る」

「あなたにそんなことができるのですか、王子殿下？」トフは疑り深く訊いた。

「無礼な質問だが、聞かなかったことにしよう。異人による災厄はじきに終わる。長い尾の異人に見つからないよう、しばらくかくれていられる場所はあるか？」

トフはしばし考え、こういった。

「ザヌル種族とポス種族の国境付近は、深くて見わたせない森になっています。そのなかなら食べ物が豊富に手に入るので、食糧を持参する必要もありません」

「次の半明暗ピリオドまで、あとどれくらいだ？」

「ゆうに五時間です、王子どの」

「きみは全ザヌル種族に話を伝える立場にあるのか？」

「わたしは〝十三賢者〟の一員ですから、殿下」

「よろしい。種族のもとへ案内せよ」

ローダンの出番はなかった。ナコールが見せたエネルギーに深く感銘を受ける。ふたたび記憶をとりもどしたなら、ナコール以外のいかなる者もアルマダ王子になることはできまい！

トフが殺風景な部屋の前方の壁に向かうと、ドアがひとつあらわれた。その向こうは、同じく殺風景な通廊だ。天井の大きな発光プレートにぎらぎら照らされ、まばゆく浮かびあがっている。

ちいさなキャラバンは進みはじめた。

＊

しばらく単調な道のりがつづく。ナコールはこの機会を利用し、ザヌルルについて知っていることをローダンに語った。かれらはここに居住する種族のひとつで、ローランドレ全域にわたる職務を担当しているという。案内役の中枢スカウトや、域内の清掃隊ウールス人と同じだ。ザヌルルは廃棄物再生の専門家で、リサイクル問題をかかえる場所ならどこへでも出動する。そのため転送システムを把握しておく必要があるのだ……ただし、黒いほうだけだが。かれらから漂う不快なにおいは、廃棄物再生のさいに使う化学薬品が原因とのこと。

ザヌルルは小規模な種族である。十三賢者の一員であるトフはその数を正確に知っており、現時点で二十八万四千三百五十五名。目下かれらの悩みの種は、任務指令がこないことだ。オルドバンが沈黙して以来、ローランドレの監督システムが機能しなくなったから。そこで、みずから仕事を探して出かけているという。

トフはザヌルルの居住地をただ〝谷〟と呼んでいるが、その谷にすこし前、トルクロート人の代表団がやってきて、破壊工作者を捜索しろと命じたらしい。賢者トフは考えた……侵入者がローランドレ内部を効率的に破壊しようと思えば、短時間で長い距離を移動する必要があるはずで、ならば転送ネットを使うだろうと。というわけで、側近五名を引き連れ、もよりの転送機へとおもむいたのだ。かれの考察は正しかった。しかし、ことの真相を知ったいま、トフはアルマダ蛮族に対してはげしい怒りをおぼえている。

トルクロート人が大まじめで〝破壊工作者の大軍団〟といったと聞いて、ローダンとナコールは破顔した。事情は明白。アルマダ工兵はトルクロート艦隊の大部分を捜索活動に駆りたてたのだ。蛮族の好戦的なメンタリティを考えると、たかがふたりを相手に膨大な兵力をつぎこんだと知るのは耐えがたいだろう。ゆえに銀色人たちは、大軍団というおとぎ話を編みだしたわけである。

殺風景な通廊が延々とつづいた。ほぼ二キロメートルの距離をこなしたとき、ローダンはどよめくうなり音を聞いた気がした。それはようやく聞きとれるくらいの音量ではじまり、しだいに大きくなって、ふたたびしずまった。

「なんの音だろう？」と、アルマダ王子に訊く。

答えたのはトフだった。

「この下に大きな国道があるのです」

ローランドレを縦横にはしる巨大航路を、ザヌルル種族は〝国道〟と呼んでいるらしい。これが、転送システムを阻害しないかぎりにおいてローランドレ内の遠距離交通をになっているのだ。同時に、外からくる乗り物の進入路にもなっている。

単調な風景が唐突に終わったので、ローダンははっとした。通廊が急カーブを描いている場所にきていた。そこからあらたなべつのにおいが、ザヌルルの悪臭にまじって漂ってくる。なんのにおいだろう……

と、かれはその場に立ちつくすことになった。目の前に、岩だらけのでこぼこした地面があり、両側には高く急峻な岩壁がそびえている。いまいるのは峡谷の底だった。見あげれば、すみれ色の空がある。岩壁のあいだを清涼な空気が流れ、岩棚や尾根には異星的な赤い葉の植物が生い茂っていた。風が運んでくるその芳香こそ、さっきローダンが嗅《か》いだにおいだったのだ。

壁にかこまれた世界からいきなり自然のなかに出たわけだが、ザヌルルたちにとってはいつものことらしく、足どりをゆるめない。細い三本脚を巧みに動かし、ときおり角の鋭い岩があってもうまくこえて進んでいく。なぜかれらが足に布を巻いていたか、ようやくローダンにもわかった。

峡谷沿いに二百メートル行くと、岩壁のあいだが数メートルひろくなったところに、シンプルな箱形のグライダーが一機とめてあった。シートがあるのは、簡易的なコンソールがならぶ操縦席のみ。乗客はどうやら乗りこむ場所を自分で探すしかないようだ。

「なかへどうぞ」と、トフ。

ナコールとローダンは操縦席近くの機首部分におちついた。ほかのザヌルル五名はプラットフォームの上に分散する。トフが操縦レバーを握ると、外側に設置されたグーン・ブロックが振動しはじめ、箱形機はスタート。峡谷の底がしだいに下へ沈んでいく。ローダンは魅了されたように、異世界の眺めに目をやった。岩のあいだに草が萌え、色とりどりの植物が岩壁のほうまでのびている。窓から風が入るので、ザヌルルの体臭も鼻につかずにすみ、そのかわりにエキゾティックな植物の香りをぞんぶんに楽しむことができた。

いったいローランドレという名の巨大構造物は、どういう代物なのか？　いまのところ、だれにもわからない。その規模は一星系並みで、人間のシンメトリー感覚からすれば、かたちは不規則だ。しかし、自然の産物だと考えられるほど不規則ではない。峡谷の両側にそびえる岩山、色とりどりの植物、すみれ色の空……これらは自然のものなのか、それとも、だれかがザヌルルの居住地としてつくりあげた人工世界なのか？

いずれなんらかのヒントを得られるだろうと、ローダンは思った。ナコールの記憶はとどまることなく再構築されてきている。いまに、持っている記憶のすべてをコントロールできるようになるはず。それまでの辛抱だ……

かれの物思いはふいに破られた。峡谷をはさむ岩壁のあいだが急にはなれて、目の前に巨大な盆地が開けたのだ。そこには人間の想像力が思いつくかぎりの、ありとあらゆる色の饗宴をくりひろげる自然風景があった。押しよせる色の洪水に目が眩惑される。異星の植物はどこの地面もびっしりおおいつくし、オレンジの恒星が輝くすみれ色の空に向かって力強くのびている。ローダンはこの眺めに圧倒され、全体像を頭に焼きつけるのに数分もかかってしまった。それからようやく、細かい点に集中しはじめる。

トフはグライダーを着陸させた。はじめてザヌルルの国を見た者はだれでも驚きで息をのむのだと、わかっているようだ。箱形機のすぐ前には四メートル幅の小道があって、鮮やかな色の茂みにつづいている。むろん、茂みの上空をこえて飛んでいくこともできたはずだが、どんな知性体種族も、道しるべのある地面の上を歩いて進みたいという先祖返りめいた欲求を持っているもの。左右には頂上まで植生でおおわれた岩山がある。山は一定の高さで盆地をかこんでいるが、向き合っている側のてっぺんだけはすこし低くなっていた。そこにもひろい小道があるようだ。あれがトフのいうザヌルル種族とポス種族の国境だろうと、ローダンは結論した。

多彩な茂みのあちこちから箱形の構造物が突きでている。ザヌルルの住居だ。盆地全体に無作為に散らばったように見える。建物がならんだり集まったりしている場所はひとつもなく、だれもが好きなところに家を建てていた。貧相とまではいわないが、おもしろみのない建て方だ。とはいえ、その徹底した都市計画のなさが、かえってローダンの印象にのこった。これもザヌルルの個性のひとつということ。

ようやくトフが口を開いた。

「半明暗ピリオドまで、まだ三時間たらずあります。どれほどの準備が必要なのですか、王子殿下?」

敬意に満ちた口調ではあるが、口をぽかんと開けたその顔を見ると、やれやれといいたいのがはっきりわかる。

「そうだった」と、ナコール。「われわれ、いくつか手配しなければならない。トルクロート人がきみと話をした場所に連れていってくれ」

*

その家はザヌルルの建築様式にしたがい、直方体三つがくっついたかたちをしていた。中央のそれは高く、左右は低い。中央の直方体は二列にならんだ高さ五メートルの柱数本に支えられ、風通しのいい玄関になっている。ここで主人が客を迎えるのだろう。家の周囲には不規則なかたちの空き地がひとつあり、砂利のようなものが敷きつめてある。駐機場だ。そこには居住者の社会的地位に応じて、一機あるいは数機の箱形グライダーがとめられる。

トフはほかの賢者十二名を臨時会議に招集した。かれらはすぐに集まり、アルマダ王子に敬意をこめて挨拶すると、その提案に耳をかたむけた。最後にナコールが締めくくる。

「しっかり理解するのだぞ。アルマダ蛮族はきっと復讐にくる。きみたちは数日のあいだ、捕まらないようにかくれていろ。かくれ場はトフが知っているとの話だ。蛮族はきみたちが見つからないとわかったら、怒り狂って家をいくつか壊すかもしれない。だが、半明暗ピリオドごとに同胞がひとり殺されるよりはずっとましだろう。そして数日後には、オルドバンの声が聞こえてくるはず……きみたちがいままで聞いたことのないほど大きく明瞭な声が。そうなれば、かくれ場から出てきていい。もう蛮族を恐れる必要もなくなる」

十三賢者はおたがいの顔を見やり、なにかぼそぼそ言葉をかわした。やがてトフが王子のほうへ歩みより、

「われらの信頼の念が揺らぐことはけっしてありません、殿下。われわれが長く焦《こ》がれてやまないオルドバンの声がふたたび聞こえると、あなたは約束してくださった。なにをしたらいいか、どうぞ指示してください」

それから一時間たち、オレンジ色の恒星が地平線に沈みはじめた。〝半明暗ピリオド〟は、恒星の円板が山の向こうに半分かくれた瞬間と定義されている。その恒星だが、ローダンは最初に見たときから、高性能人工太陽の精巧なプロジェクションだと気づいていた。どんな技術が使われているかくわしく知りたいものだ。いまはそのタイミング

ではないが。

このあいだに十二名の賢者は全員、自分たちの家に帰宅していた。そこから谷の住民たちに、間近に迫った避難計画について知らせるのだ。いま玄関にいるのはトフとその側近二名のほか、ローダンとアルマダ王子のみ。ザヌルルがもう一名、いちばん高い建物の最上階にいて、トルクロート人の出現を見張っている。蛮族は最初にきたときと同じ道を通ってあらわれるはずだから。

「あの低山の向こうがポスの国なのだな」ナコールがいった。「その向こうにはなにがある?」

「ポスの国の向こうにはハラの山々があります」トフが従順に答える。「その向こうはヴァシーリの台地、次にフルクアの国、その次はカーナムの大盆地……もっとつづけますか、殿下?」

「タッサウイの国まではどれくらい距離があるのだ?」王子がたずねた。

トフはぴたぴたと、せわしない音をたてた。興奮しているらしい。

「この道を通ってタッサウイの国へは行かれません、王子殿下」と、あわてて答える。「そこに行くには、大環状路を横断した先の領域に入らないと。われわれザヌルルは足を踏み入れたこともありません」

ナコールはうなずいたが、そのしぐさの意味を知らないトフは困惑している。もしかしたら、不信感をおぼえただろうか。アルマダ王子を名乗る者がなぜタッサウイの居住地について知りたいのかと、頭を悩ませはじめたかもしれない。だがこのとき、上のほうから声がした。

「やつらがきました！」

ナコールとローダンは正反対の方向に走りだした。玄関から家の両翼にそれぞれ通じるドアがあり、ドアの上半分は扉がなく枠だけになっている。ローダンはドアから一歩はなれてかくれた。ここなら、すこし乗りだせば玄関のようすが見わたせるし、トフのグライダー二機がとまっている空き地の一部も見える。ザヌルル三名は柱のある玄関にいる。ぴたぴたいう音がさかんに聞こえた。決定的瞬間が迫ったいま、勇気がくじけそうになっているのだろう。

茂みの小道から空き地に向かってくるマシンの甲高《かんだか》い作動音が近づく。アルマダ蛮族は時間どおりにやってきた。透明コクピットを持つバスタブ形車輛が視界に入ると、ローダンはコンビ銃の発射準備ができているか、いま一度たしかめる。

バスタブが停止して、二カ所でハッチが開き、武器をかかげたトルクロート人四名があらわれた。どうやら平和裏にことを運ぶ気はないようだ。ローダンはすこし身を乗りだし、車輛が無人なのを確認してほっとした。もしトルクロート人が見張りをひとりのこしていたなら、どう考えても作戦実行はむずかしくなるから。

ザヌルル三名は見るもあわれなほどに、ぴたぴた音を発している。この恐怖は演技ではない。

「おまえたち、連絡してこないところを見ると」いちばん前に立ったトルクロート人が声をとどろかせた。「まだ破壊工作者を発見できていないのだな?」

「い……いえ、サー」トフが口ごもる。「ひとり発見しました。で、連絡しようとしたのですが……消えてしまったのです」

「どこにいた?」

「大きな国道の向こうにあるマリロの洞窟です」

「嘘をつけ!」蛮族がどなる。「だったら、なぜマリロがそれを報告してこない?」

「か、かれらは……わたしにはわかりません、サー」

「発見できなければどんな罰をあたえるといったか、おぼえているな?」

「お慈悲を、サー!」トフはすすり泣いた。「がんばって探しますから。あすにはきっと……」

「われわれはあす、またここにくる。だが、おまえはあすまで生きられない。トルクロートの戦士は約束を守るのだ」

そういうと、蛮族は武器をかかげた。トフが悲鳴をあげて地面に突っ伏したそのとき、麻痺モードにしたコンビ銃の発射音が二度、響きわたった。トフに狙いをつけていたトルクロート人は動作の途中で硬直し、ゆっくり爪先立ちになると、からだを四分の一周ほど回転させ、うめきながら倒れる。ふたりめのトルクロート人も同時に転倒。このあいだにトフ以外のザヌルル二名も同じように地面に伏せ、背後からの射撃のじゃまにならないようにしている。三人めの蛮族は、なにが起きたか気づく前にローダンの標的になった。四人めは驚いて叫び、身をひるがえして逃げようとしたが、三歩も行かないうちにナコールのビームが命中した。

ローダンとナコールはかくれ場を出た。ザヌルルもゆっくり起きあがる。かれらのびたぴた音はいっそうはげしくなるが、いままでとは響きがちがっていた。歓喜の表現だ。テラナーは失神した四名の始末をナコールにまかせてバスタブ形車輛に乗りこむと、コンソールを調べはじめた。オートパイロットを四時間にセットし……最強モードにしたパラライザーの作用をトルクロート人が克服するのに、すくなくともそれくらいかかるだろう……飛行コースをポスの国あたりに向けて設定する。蛮族の運命については心配いらない。途中で障害物に遭遇した場合、事前プログラミングしたコースをそれて回避するくらいのことは、オートパイロットでも可能だから。それでも全体的に見て、決められた方向には進むはずだ。

ローダンは最後にもうひとつ、オートパイロットに作動停止回路を組みこんだ。これでもう車輛は着陸したあと、動かせなくなる。つまり、四時間が経過したら、オートパイロットはどこか適当な着陸場所を探しはじめるということ。その後は作動停止回路が働き、車輛はスクラップ同然となるわけだ……だれかオートパイロットのポジトロニクスにくわしい者がきて、停止回路を遮断するまで。

ローダンは銃をブラスター・モードに切り替えると、通信機に半秒間インパルスを放射して破壊した。これですべて完了。ここまで十二分しかかかっていない。開いたハッチから外に出ると、ナコールがやってきた。

「やつらの武器はトフがとりあげた。どこか遠くに捨てるだろう。よくあるアームバンド・テレカムを持っていたから、それはわたしが使用不能にしておいた」

ふたりはザヌルルにも協力してもらい、失神した四名をバスタブ形車輛に運んだ。ハッチが閉まり、オートパイロットが作動する。バスタブは地面をはなれ、植物におおわれた岩山ふたつの高さまで浮遊すると、プログラミングどおりポスの国に向けて飛び立った。

「あのあたりは居住地がすくないから、無人領域に車輛が着陸する確率はかなり高い」と、ナコール。「乗り物は動かないし、武器も通信手段もない……あの警備隊がどうなったのかをトルクロート人の上層部が知るまでには、しばらく時間がかかるな」

トフは腕三本を上にあげると、三つの手をアルマダ炎のすぐ下で重ね合わせた。ザヌルル種族の深い恭順の意をしめすしぐさだ。

「ありがとうございます、王子殿下！」きしむような非常に甲高い声で、「あなたはザヌル種族を救ってくださった。どうやって感謝の念をあらわしたらいいのでしょうか？」

「かんたんだ」アルマダ王子は淡々と答えた。「グライダーを一機、貸してくれ」

＊

「新オルドバンよ、どこまで進んだかね？」

パルウォンドフは司令モジュールにへつらう必要を感じていた。オルドバンの名で呼びかければ、こちらが相手の豊富な知識をたよりにしているのだと、司令モジュールは理解するだろう。

「報告できる成果がありません、パルウォンドフ」と、答えがある。

「進展はあったのか？」銀色人は怒りが声に出ないよう懸命に自制しつつ質問した。

「成果のない可能性をひとつずつ除外している点では進展があったといえます。わたしの任務は膨大なデータを調べて探しだすこと。これらのデータのどこかに、あなたの望むものがかくれているのですから」

「あとどれくらいかかる？」パルウォンドフはうなるように訊いた。

「データをすべて調べつくすには、標準時間で十日」司令モジュールが答える。「いまの時点で半分ほど終わったと思います。したがって、あと五日です」

「そんなに待てない！」アルマダ工兵はどなり声をあげ、コンソールのカバープレートにこぶしをたたきつけた。「もっと急げ！」

「われわれ、持てる力を総動員してことに当たっています」と、司令モジュール。

表示ランプが消えた。接続が切れたのだ。ハームソーとクアルトソンはなにもいわず黙っている。パルウォンドフはこのとき、知性体が使用できる最強の武器、ウェトネスのことを考えた。いまウェトネスがあったなら……エリック・ウェイデンバーンという名の反抗的なユニットのせいでウェトネス・プロジェクターが使用不能にされなかったら……あのふたりの敵など容易に排除できただろう。みずから這いつくばって降伏したにちがいない。ウェトネスの強力なプシオン・インパルスを使って命令すれば、どんな有機体生物もけっして抵抗できないのだから。

ウェイデンバーンは反逆行為の代償をはらうことになったが、いまのパルウォンドフにとって、それはほとんどなぐさめにならない。

「つまり、われわれのもとめるような進展は皆無《かいむ》ということだな」ついにハームソーが口を開いた。「トルクロート人の捜索活動も、だんだん疑わしいものになってきたようだし」

「なにがいいたい？」パルウォンドフが不満げに訊く。

「トルクロート人はすべての交通中継ポイントを押さえた。その重要性を考えて、中継ポイントに一機から十機の搭載艇を配置している。そこから放射状に突き進み、出くわしたローランドレ居住種族を脅して、捜索に協力するよう強制したのだよ。わかるだろう、典型的な蛮族のやり方だ。おたずね者を連れてこなければおまえの喉をかっ切る、というもの。これは住民たちの不興を買う。かれらは命を惜しむあまり、あらゆる手を使ってトルクロート人に嘘八百を信じこまそうとするだろう。われわれの成果にはつながらない」

奇妙にも、パルウォンドフはハームソーの意見に耳をかたむけようとしなかった。そのかわりにクアルトソンのほうを向き、

「捕虜のようすはどうなっている？」と、訊いた。

「二日前より状態がいい。ウェトネス・ショックの後遺症からほぼ回復したようだ」

「そろそろ仕事をしてもらうときだな」

パルウォンドフがそういったとき、通信装置のランプが点灯した。ヴィデオ・スクリーンがあらわれ、コンピュータ・ネットワークのシンボルが表示される。

「こちら、トルクロート人の司令本部です」機械的な声が告げた。「ザヌルルの谷に向かったトルクロートの一警備隊が消息を絶ちました。ザヌルルは、トルクロート人の命令で破壊工作者の捜索に当たっていたのですが……」

「思ったとおりだ」ハームソーがうなる。

「問い合わせても返事がありません。どうやら、ザヌルルたちも行方をくらましたようです」

パルウォンドフは跳びあがった。

「なにか指示がありますか？」と、コンピュータの声。

「ない！」パルウォンドフは激怒して叫んだ。通信ランプとスクリーンが消えても、まだ怒りにまかせてしゃべりつづける。「ザヌルルというのは貧相なリサイクル屋だ。三本脚の侏儒で、自分たちの半分しか大きさがない相手のことも恐がるような種族。それがトルクロートの警備隊を攻撃するか？　ありえない！　では、だれがやったのか？　アルマダ王子とペリー・ローダンにきまっている。やつら、巨大ブラックホールにのみこまれるがいい！」

怒りの発作は、起こったときと同じく急激にしずまる。

「クアルトソン、映像つきテキストをローランドレの全通信網に流すのだ。いずれどこかでナコールとローダンの耳にも入るようにな」パルウォンドフはそういうと、「捕虜をここへ！」

# 5

「幸運を祈ってくれ、友よ」と、ナコールが箱形グライダーを操縦しながらいった。めざす急峻な岩壁には、ごつごつした木々の茂みが稜線《りょうせん》に沿ってまばらに見える。くすんだグリーンの葉ばかりがつづくのを見ていると、ザヌルルの色とりどりの世界が懐かしい。茂みのなかから巨大な岩塊がそびえている。モノリスだ。ナコールはそこをめざしていた。

ザヌルルの谷を出発してからずっと、トルクロートの警備隊がとったコースを追っているが、バスタブ形車輌を見かけることはなかった。トフの原始的な乗り物にくらべて倍の速さで進むのだから、すでに着陸したのだろう。プログラミングしてあった四時間はとっくに過ぎている。偶然あのトルクロート人四名と出会った者は災難だ！　せめて武器をとりあげておいてよかったと、ペリー・ローダンは思った。丸腰なら、さほどひどい危害はくわえられまい。

グライダーはなんの障害もなくポスの国を通過し、ハラの山々の上空を飛んでいく。

ハラの山々がしだいに低くなり、植生のまばらな台地に変化したとき、ナコールがこういった。

「トフと話をして、わかったことがふたつある。まずヴァシーリという名前を聞いたとき、かれらの住む台地の周辺に白い転送ネットの乗り場があるのを思いだした。もうひとつ、トフが〝大環状路〟について言及したときに、どこをめざすべきか突然ひらめいたのだ」

長く探す必要はなかった。遠くにモノリスが見えたとき、ナコールはすぐにそれとわかったから。かれはヴァシーリの居住地を迂回し、急峻な岩壁に向けてコースをとった。そしていま、ごつごつした木々のくすんだ葉がつくる屋根の下にグライダーを降下させ、巨大な岩塊の麓《ふもと》に慎重にとめた。

「これはトフからの借り物だが」と、ローダンはグライダーの縁をこえながらいった。「どうやって返せばいいのだろう？」

「わからない」アルマダ王子が白状する。「だが、ローランドレに秩序がもどってくるなら、トフにとってはグライダーなど些細《ささい》なことだ」

かれはそびえたつモノリスの周囲をゆっくりと歩いた。大きなひとつ目がじっと一点を見すえている。なにかに集中すると、いつもそうなるのだ。それから、ついに立ちどまり、

「こっちへ」と、ローダンに指示した。岩肌をさししめし、「もう練習したからわかるだろう。ここを通りぬけるのだ」

「通りぬける？」

「そうだ。あの居心地いい小部屋でやったときのように。おぼえているな？」

ローダンは位置についた。そこは地面がある程度たいらになっている。六歩進めば、ナコールがさししめした場所だ。歩きだし、あと三歩というところで目を閉じた。岩にひどく頭をぶつけるだろうと、なかば確信しながら。

だが、そうはならなかった。うなじが引っ張られるような気分と、落下する感覚があって……気がつけば、乾いた暖かい空気を顔に感じていた。目を開けると、モノリスの内部にいるとわかる。モノリスへの入口じたいが小型転送機なのだ。そこは大きくもちいさくもない岩のホールで、乗り物が五機とめてあった。トルクロート人四名を長旅に送りだしたバスタブとは似ていない。天井から煌々《こうこう》と光が降りそそぎ、奥のほうには金属製のドアがひとつある。

ナコールがすぐそばに実体化して、

「うまくいった」と、安堵の息をもらした。「記憶が役にたつというのは、じつにいいものだな」

ドアのほうへ歩いていきながら、とめてある乗り物を指さす。

「選ばれた者が白い転送機を使ってこのような辺鄙《へんぴ》なところにきた場合、当然、先に進むための手段がなくては困る。だから、上層部はこうして充分な数の乗り物をつねに用意しているのだ」

ドアがなんなく開く。すると、そこは贅沢な調度がしつらえられた空間だった。ほんの半日前に滞在していた小部屋と瓜ふたつで、奥の壁が転送機の出入口になっている。ナコールはなかに入り、わきへさがると、家具類が置かれていない壁のせまい面を〝どうぞ〟というようにさししめした。だがローダンは、ちいさなテーブルに置かれている小型コンソールが気になった。小箱のようなかたちで、色とりどりに光るコンタクト・プレートがついている。テラの宙航士が使うダイパッドくらいの大きさだ。

「これは？」と、たずねる。

「通信装置だ」アルマダ王子が答えた。

「そうじゃないかと思った。これでなにかニュースを受けとれるか？」

「もちろん」

「よし。ローランドレの通信網になにが流れているか、一分間ほど耳をかたむけるのも悪くないな？」

ナコールは無言でテーブルに近づくと、コンタクト・プレートの二カ所に触れた。自動的に照明が暗くなり、プロジェクション・スクリーンが部屋の中央にあらわれる。聞きおぼえのある声を耳にして、ローダンはぎくりとした。

「……きみたちがいまどこにいるとしても、わたしの声は聞こえていると思う」

パルウォンドフだ。銀色人がわれわれに語りかけている！　そのとたん、スクリーンが明るいグレイにきらめき、人物の輪郭が形成された。ローダンは息をのんだ。イルミナ・コチストワの姿が見える。その隣りにうつるのはイホ・トロトの巨体だ。フェルマー・ロイドにジェン・サリクもいる。タンワルツェン、ジェルシゲール・アン、レオ・デュルク……すこしはなれて、アトランとトマソンも。

「なんてことだ。アラスカは……」

ローダンのうめきは、アルマダ工兵の冷酷な声にさえぎられた。

「仲間の姿が見えただろう。かれらの命はわが手に握られているのだ。だが、きみたちが降伏するなら解放してやる。これは冗談ではない。標準時間で二日の猶予をやろう。それまでに出頭しなかったなら、そのときは忘れずに通信装置のスイッチを入れろ。どの装置でもいい、すべてのチャンネルで同じ映像を流すから。アルマダ工兵が正当な力を行使したらどうなるか、目撃できる。仲間の処刑を目《ま》のあたりにすることになるぞ。わかったな。二日だ！」

「消えろ！」ローダンは声を絞りだした。

スクリーンが消え、明かりがつく。

「アラスカは……」その声はあまりにちいさく、アルマダ王子には聞こえていない。

「キャラモンは、カルフェシュは……どこにいるのだ？」そういうと、ローダンは顔をあげてナコールのもとへ行き、その肩をつかんだ。「猶予は二日しかない。教えてくれ。二日でやりとげられるか？」

「わからない、友よ」

ローダンはうなだれた。からだじゅうが疼《うず》いている。急いで結果を出せなければ、何億という知性体の生命に関わる決定を迫られるのだ。どちらを選ぶべきか……アルマダ工兵と戦いつづけるか、仲間の命を優先するか？

かれは頭を起こすと、黙って壁の方向をさししめした。ナコールもその意図を察したらしく、

「いつでもいいぞ」と、いう。

ローダンは壁に向かって歩きはじめた。今回は目を閉じたりしない。

＊

ふたつの奇跡が起きた。

まず、わたしたち新オルドバンは命令権者が待ち望んでいたシュプールを発見した。

それは偶然のなせるわざで、たまたま正しいタイミングに正しい場所へゾンデを送って

いたということ。新オルドバンの設置後は転送機が置かれていないはずの場所から明確なシグナルがときどき、ローランドレ内部に第二の転送ネットがあるらしいという仮説が証明されたのだ。ただちにこれを報告したところ、命令権者はわたしたちの有能さを褒めてくれた。

わたしが属しているユニットは、いまこの瞬間は作動していない。わたしはひとり、独立した思考を使って自身で考えることができる。自分がだれなのかはまだわからないけど、かつてべつの存在だったときについていたラベル、すなわち名前を思いだした。これがふたつめの奇跡だ。わたしの名はシモーヌ・ケイム。この記憶に意味があるかどうか知らないが、それについて考えていれば、いつか自分の過去をとりもどせる気がする。命令を受けてわたしと共同作業する者たちも、似たようなことを考えているのだろうか。

なんだかいやな気分だ。そう遠くない過去のいつかにぞっとするような変化が起きたせいで、わたしはいまの姿になったらしい。それには異人が関わっている。かれらがわたしを悪用したのだ。その変化を起こした張本人が命令権者たちということはありうるだろうか？

もしそうなら、なぜわたしはかれらに服従するようになったのだろう？

「われわれの道はまちがってなかった」ナコールのひとつ目が誇らしげに輝いた。「ローランドレの核をとりまく大環状路だ……見ろ！」

＊

ふたりは数分前、またべつの居心地いい小部屋に実体化した。ローダンにとってもすっかりなじみとなった風景だが、かれはとにかく早く先に進みたいと焦《あせ》っていた。パルウォンドフが設定した二日の期限を一秒たりともむだにしたくない。それでも、ナコールが作動させた映像プロジェクションを見て、ほんの一瞬、焦る気持ちも忘れてしまった。

目に入ったのは、乳白色の明かりに照らされた深み。そこを数百機あるいは数千機の乗り物が移動していた。みな同じかたちで、ローダンの知っているタイプだ。トルクロート人の搭載艇である。深みの両壁はほんのわずか湾曲しているようだが、見てもほとんどわからない。この地理的状況に最初ローダンはとまどったが、しばらくしてようやく、巨大なトンネルのなかをのぞき見ているのだとわかった。機器の表示によれば、トンネルは数十キロメートルのびている。そこを行き来する搭載艇はちっぽけな光点にしか見えないが、実際の大きさから見積もれば十五キロメートルほど隔たっているだろう。トンネルの直径も、すくなくともそれくらいありそうだ。

乳白色の明かりは、外の光領域からくるものだという。無数に存在する巨大航路がローランドレの表面を起点として目の粗い繊維のように内部を横断しており、その多くがこの大環状路に通じているのだと、アルマダ王子は説明した。大環状路を通過した先から、ローランドレ本来の〝核〟になる。まだオルドバンが機能していたとき、そこへ立ち入れるのは選ばれた者か、オルドバン自身から特別な任務を受けた者だけだったらしい。

トルクロート人の搭載艇がひしめくようすを見て、ローダンは考えこんだ。アルマダ工兵が敵ふたりをとらえるのにどれほど力を浪費しているか、はじめて具体的に意識したのだ。映像が消えると、訊いてみた。

「どこへ向かうつもりだ？」

「中心へ」ナコールが簡潔に答える。

「銀色人が掌握《しょうあく》した司令センターがあるところだな」

アルマダ王子はかぶりを振り、

「中心にもいろいろある。理論上の中心、行政面での中心、地理的中心……アルマダ工兵が司令センターをローランドレの中心ととらえたのは、そこを本拠として自分たちが権力を行使するからだ。われわれがめざすのは地理的中心。そこに到達すれば、すべて解決する。とはいえ、中心に行くにはある特別な知識が必要なのだ。それに関する情報をタッサウイから聞けるのではないかと期待している」

「ローランドレの核ゾーンはどれくらいの大きさか？」

「直径百万キロメートル」

「これまでと同じく転送機を使えるなら、たいした距離ではないな」

「転送ネットは中心そのものにまでは通じていないのだ。数百キロメートルはべつの手段を使って進むしかない」

ローダンはあらためて焦りを感じ、

「こうしてはいられない。行くぞ」と、友を急きたてた。

＊

パルウォンドフは勝利感にひたっていた。

「やつら、こっちに向かった！」と、声を張りあげる。「あと数時間もすれば捕まるだろう。ロスリダー・オルンが大環状路に部隊を進めている。次のシグナルを受信したら、ただちに出撃の合図を出す」

「トルクロート人を核ゾーンに立ち入らせる気か？」ハームソーが疑わしげに訊いた。

「ほかにどんな手があるというのだ？　アルマダ蛮族のすみやかな進軍に向けて、すでにグライダー二十万機がスタンバイしている。これだけの搭載艇を収容する大きさがあるルートは、ほかにない」

「ナコールとローダンが降伏してここにくるという話ではなかったのか？」と、クアルトソン。「いずれにせよ、きみはそう要求したはず」

「どっちでも同じじゃないかね？」パルウォンドフはばかにしたように、「とにかくやつらを捕まえればいいのだから」

「ランプが光ったぞ」ハームソーが注意をうながす。

パルウォンドフは勢いよく振り向いた。

「なにかわかったか、新オルドバン？」

「あらたなシグナルをとらえました、パルウォンドフ」司令モジュールの声がした。「これで相手はもう逃げられません。われわれが一歩ずつ追いつめますので。いまから座標を送ります……」

一瞬のち、トルクロート人の司令本部で警報が鳴りわたった。

＊

こんど実体化した場所はすこしようすが異なっていた。これまで訪れたところよりひろく、設備も多い。中心部のすぐ近くにいるのだ。ここまでこられるのは、オルドバンのごくかぎられた側近だけだろう。

部屋のひとつに入ると、フル装備の通信コンソールがあった。ナコールはそれをくわしく検分して、考えこみながらいう。

「ここにくるくらいの者なら当然、特権的な通信手段をもとめると思われてしかるべきだろう。送受信のさい、盗聴も方位測定もできないようになっているはずだが」

「なにか問題があるのか？」ローダンは訊いた。

「タッサウイを探しているひまはないから、呼びかけて、こっちにきてもらわなければ。このコンソールからなら、いかようにも広域送信ができる。ただ問題は、どこから送信されたか、相手が突きとめられるかどうかだ。受信はできても、発信源を特定できないのではないだろうか」

「だったら、落ち合う場所をタッサウイに伝えるしかないな。しかしそうなるとトルクロート人は、きみがどこから呼びかけたかわからなくても、その集合場所に行きさえすればこちらに襲いかかれるわけだ」

「タッサウイだけにわかる暗号を使って呼びかけるから、集合場所を知られる恐れはない」

ローダンはうなずいた。ナコールの記憶は明らかな回復を見せている。

「では、たのむぞ」と、王子をうながした。「なにごともリスクを避けては通れん」

ナコールはセンサー・ポイントに指をはしらせた。マイクロフォンのきらめくエネルギー・リングがあらわれると、語りはじめる。

「こちらローランドレのナコール、アルマダ王子だ。タッサウイ種族、応答せよ。鬼子のごとき者がローランドレを占領し、無限アルマダの支配をたくらんでいる。わたしは唯一無二の……」そこで言葉がとぎれた。ひとつ目の印象が変化し、赤黒い輝きをはなつ。口ごもりながら、こうつづけた。「唯一無二の……ノル・ガマナーだ。きみたちの協力をもとめたい。事態は急を要する。サド・ナル・スマ・アウィルム・ナムクル・イリム……」

ナコールはうつむくと、両手で頭をかかえこんだ。アスリートのごとくたくましいからだが痙攣《けいれん》したように震えている。ローダンは友のもとへ急いだ。ところが、手をさしのべようとしたそのとき、背後でだれかの声が聞こえた。

「じゃまをしないように。かれは記憶がもどってショックを受けただけだ」

テラナーは思わず振り向く。明かりが消えて、一瞬、暗闇になったと思うと、部屋のうしろのほうがぼんやり光った。やがて、それがかたちをとり、侏儒のようなヒューマノイドの輪郭が浮かびあがる。皺だらけの顔には大きさのちがうふたつの目と、笑みを浮かべた口。ローダンはあっけにとられて凝視するが、相手のいびつな背中を見て、ドーム状空間での出来事を思いだした。最初はヴェンドゥーリから、次にアルマダ作業工から追われたときのこと。ナコールが影のような姿にしたがっていくと、最後の瞬間に転送機の入口があらわれたのだった……

あのときの瘤男だ！

アルマダ王子も同じように振り向き、驚きの声を発した。

「きみは……？」

「まだわたしの名前がわからないのか？」からかうように小男がいう。「理性をおおいに働かせれば、きっと思いつくはず。さもないと、終わりだぞ。ようやく父祖の言語を思いだしたな。これからも学びつづければ、いずれ最後の謎も明るみに出よう。とはいえ、そのあいだにむだなことをしてはいけない。敵は強力で……なにより、すばやいのだから」

「むだなこととは？」ナコールはわけがわからない。

「タッサウイ種族はもういない。一年前にオルドバンが語りかけなくなったとき、かれらはひどく打ちひしがれてしまい、数カ月後、死によってその苦悩から解放された。呼びかけても時間のむだということ」

「だったら、どうすればいい？　なにかアドヴァイスをくれ」

「目的地はわかっているはず。そこにもっとも速く行ける手段を考えるのだ。タッサウイでなく自分の記憶をたよりにして。最後の困難を乗りこえるのに必要な知識は、あなた自身の理性のなかにかくれている。それをただ見つけだせばいい」

瘤男の姿が色あせていく。一秒だけ真っ暗になったあと、すぐに明かりがついた。ナコールはシートにうずくまったまま、じっと前方を見つめている。背後にはマイクロフォン・リングが光っているが、もうタッサウイがいないのなら意味はない。ローダンはなにもいわずにいた。声を発して友の考えをじゃましたくなかったから。

ついに、王子はなにかにはじかれたように動いた。肩をそびやかし、立ちあがる。

「前に進むしかない」と、決意を口にした。

「あとどれくらいある？」ローダンはたずねる。

「正確にはわからないが、数百キロメートルだろう。この近くに乗り物用の航路がある。それを使えばいちばん速く進める」

「トルクロート人も同じことを考えるぞ」

ナコールはそれには答えず、出口へと向かった。通信コンソールはほったらかしだが、使わないまま一定時間が過ぎればマイクロフォン・リングはひとりでに消える。ふたりは重厚な金属ドアを通り、細身のグライダーがとめてある空間に出た。モノリスの内部で見たときと同じく、ぜんぶで五機。ナコールは無作為に一機を選ぶ。

ローダンはハッチを開けて乗りこみながら、友に訊いた。

「〝ノル・ガマナー〟とは？」

「ある資格を持つ者」アルマダ王子の答えだ。

「きみが口にしたのはどこの言語か?」
「わからない」ナコールが応じる。「いまはまだ」

＊

こんな状態の友を見たのは、ローダンははじめてだった。操作卓に身を乗りだしたナコールは目をぎらぎら光らせている。かれの望む速度がかんたんに認められるはずはないので、オートパイロットをなだめすかして調整していた。この航路の断面は直径百メートルの円形だ。トルクロート人の搭載艇一機が直行するだけなら充分なスペースといえるが、方向転換はできない。だから蛮族はこちらを追跡する前に、よりちいさなローランドレ用グライダーに乗り換えたはず。ローダンはそう踏んで、つねに注意をおこたらずにいた。しかし、いまのところ追っ手の姿は見えない。

ナコールは時速千キロメートル近い速度で機を疾駆させる。ほんのわずかでも操縦ミスがあれば、壁に激突して粉々になるだろう。だが、アルマダ王子は夢遊病者のような確実さでグライダーを操っていた。目は一点をただ凝視している……あと数分で着くはずの、ローランドレの地理的中心までの距離を。

前方に一連の赤いランプが見えた。航路の天井のすぐ下にならんでいる。いったいなんだろうとローダンが頭を悩ませる間もなく、グライダーはそこを通過して脇航路に入った。赤ランプは警告のしるしだったのだ。

うしろを振り返ったローダンは、血が凍りついたように感じた。五機の乗り物が舷航路からこちらを追ってくるではないか。高さのある透明キャノピーがついた、たいらで幅広の機体だ。乗員はそれぞれ十ないし十二名だろう。敵がこちらを発見したということ。ごうごうとすさまじい轟音《ごうおん》がエンジンから響いてくる。パイロットが最大価で加速しているのだ。

ナコールも耳をそばだてるが、振り返ることはしない。

「追っ手がきた」と、ローダン。「ぜんぶで五機。おそらく武装している」

王子は軽くうなずき、

「もうすぐゴールだ」と、歯のあいだから言葉を吐きだす。

敵との距離は三キロメートル。だが、数秒たってもその距離は縮まらない。たいらな乗り物のエンジンはフル作動していて、もうあれ以上は速度が出ないのだ。

五機のうち一機の機首に、光るものが見えた。腕の太さほどのエネルギー・ビームが火を噴く。数メートル上で爆発音がとどろき、グライダーは圧力波に揺さぶられた。ナコールは怒りにくぐもった声を発したものの、巧みに機体を安定させて、あえぎながら叫んだ。

「あそこだ！　前方！」

ローダンはかれの肩ごしに前を見た。遠くでトンネル壁が真っ赤な明かりに照らされている。航路が終点に近づいたという、まぎれもないシグナルだ。ローランドレの中心はもうすぐそこにある。

ローダンは五機に分乗した追っ手のことを考えた。ナコールにはまだ、どうすれば前方で待ち受ける謎に介入できるのかわからない。時間が必要なのだ……最後の障害をとりのぞく決定的な記憶をとりもどすための時間が。その時間を、トルクロート人はあたえまいとしている。こうなったら……

二発めのビームがグライダーの上をはしったので、思わず身をすくめた。真っ赤に照らされたゾーンがものすごい速度で近づいてくる。ローダンはこぶしをかためてナコールの肩に突進し、友をわきに投げ飛ばすと、すばやくコンソールに飛びついて操縦を引き継いだ。

「外へ！　時間を稼ぐから！」と、大声でどなる。

ナコールも躊躇しない。一刻を争うとわかっているのだ。セラン防護服のヘルメットを閉め、グラヴォ・パックをオンにして、ハッチを開いた。恐ろしいほどに吹きつける暴風で機体がばたばた音をたてている。このあいだにローダンは減速に入った。アルマダ王子は思いきりジャンプして機を離脱すると、疾走するグライダー近くの危険範囲から逃れるため、グラヴォ・パックを使って上昇する。それが、ローダンがさしあたり最後に見た光景だった。そのあとはべつのことに集中しはじめる。

ついにグライダーを静止状態にしたときには、赤熱《せきねつ》のビームにとりかこまれていた。あと数秒で敵が追いついてくる。いまや、ひっきりなしに武器を発射していた。グライダーが命中ビームを受けてふらついたが、ローダンはどうにかかたてなおす。方向転換を命じると、エンジンは素直にしたがった。グライダーはいきなり、追っ手に向かって加速しはじめる。

敵はこの機動に仰天したにちがいない。二秒のあいだ、攻撃がやんだ。グライダーのほうはすでに時速数百キロメートルに達している。両者の距離は息をのむほどの速さで縮まっていく。

ローダンはハッチの縁につかまって立ちあがった。セラン防護服はすべて準備万端とのえてある。全身の筋肉に力をこめ、大急ぎで外に出た。

「全速前進！」と、自動装置に命令。

グライダーが下方に遠ざかる。ローダンはグラヴォ・パックにのこったパワーを使いはたして反対方向に急加速し、個体バリアを作動した。赤く照らされたゾーンが近づいてくるのが見える。突然、かれは不安をおぼえた。もうとっくにかたづいたはずだが……作戦失敗か？　よくようすをみようと、体勢をややまっすぐにする。

そのとき、背後で恒星のようなぎらつく光球が出現した。トンネル内にまばゆく青白い光があふれだし、中心近傍をしめす赤いシグナルも見えなくなる。数秒後、恐ろしい轟音をともなって殺人的な圧力波が生じた。巻きこまれたローダンは荒れ狂う空気の塊りに翻弄《ほんろう》され、めちゃくちゃに旋回することになった。グラヴォ・パックが飛行体勢を安定させるのに十秒以上かかったほどだ。

ようやく、どうにか姿勢をまっすぐたもつことができた。まわりを見まわすと、ぎらつく恒星の勢いは衰えたものの、オレンジ色の灼熱地獄がトンネルの断面すべてをおおって揺らめいている。二次爆発が次々に起きて、トンネル壁が溶解した。マグマのように溶けた物質が航路に押し流されてきて、やがて動かなくなった。

いまから五分ないし十分のあいだ、この爆発領域をあえて通ろうとする追跡者はいないだろう。これでナコールはリードが稼げる。思惑どおりだ。うまくいってよかった。こちらの戦術が望んだ成果を得たということ。だがそれでも、ローダンの口のなかには苦い味がのこった。

多くの知性体を死に追いやってしまったのだから。

＊

そこは巨人のためにつくられた玄関ホールのようだった。目もくらむほどまばゆく赤い光が奥行き二百メートルの空間を照らしている。向かい側には、クリスタルに似た物質でコーティングされた巨大な門があった。赤光を反射して、気が変になりそうなほど煌々ときらめいている。クリスタルになにかシンボルが刻まれているが、意味はわからない。

アルマダ王子ナコールはホールのまんなかに立ち、ヘルメットを開けて頸のうしろに押しやった。門を見あげるその目はシンボルに釘づけになっている。

ローダンは友にゆっくり歩みよった。この場の雰囲気で、ナコールの興奮が伝わってくる。かれは同じく魔法にかかったように門のシンボルを見つめた。それはふたつの絵柄で構成されている。下底が長い台形と、等辺三角形だ。三角形のほうは台形の上でななめにかたむいている。

それがなにを意味するか、突然ひらめいたとき、ローダンは頭に血がのぼったようになった。ナコールがその言葉を口にしてからまだ三十時間もたっていない。

〝折れた頂上〟だ！

ナコールのたくましいからだに震えがはしる。息をはずませ、足を一歩前に踏みだすと、両手を高くかかげた。力強い声がホール全体を揺るがす。

「サドレイカルの門だ……サドレーユ、折れた頂上！」

こだまが大きな壁のあちこちから響きわたり、それがようやくやむと、高みから声が聞こえてきた。

「ついに思いだしたのだな、サドレイカル人の息子よ！　これでわが力はあなたのもの。受けとるがいい」

　ナコールの頭上高くにぼんやりした光があらわれ、下におりてくる。ローダンは一瞬、瘤男の姿を見たような気がしたが、それはやがて消えた。じっと目を凝《こ》らしていたせいで、涙が出てくる。あの侏儒はいったいどうなったのだ？　本当に見たのだろうか？　瘤男がナコールの肩におりてきて、王子と一体化したように見えたのだが。

　ごろごろと低い音がとどろき、ローダンは仰天した。どっしりした門が内側に向かって動きはじめ、入口が開けたのだ。幅五十メートル、高さはすくなくとも八十メートルあるだろう。ナコールが前に進みだした。その歩みは揺るぎなく、自信に満ちあふれている。友が門を抜けたところでローダンもつづこうとしたが、敷居をまたぐことはできなかった。自分にもこえられない境界があるということ。生涯はじめて、胸が締めつけられるような気分になった。

　開いた門の向こうに、とてつもなくひろい丸天井の空間が見える。壁には無数の光点がきらめいていた。宇宙の星々をあらわしているようだ。湾曲した天井は目もくらむほど高いところにある。そこから星々の光が降りそそぎ、広大なドームを鈍い銀色の明かりで満たしていた。

　その空間の中央に、低い円形台座がひとつあった。台座へつづく五段の階段が設置されている。ナコールは威厳ある足どりでそこへと歩を進め、ゆうに五分かかって階段の下にたどりついた。段をのぼっていく。てっぺんに着くと、台座のまんなかで振り返った。

テラナーは思わず息をのんだ。輝くオーラがアルマダ王子の周囲をつつみこんだのである。ナコールはひとまわり大きくなったように見えた。まさに超人的な大きさだ。力の象徴である輝くオーラをまとったその姿を、ローダンは信じられない思いで見つめた。ナコールは両腕をかかげ、床が震えだすほど野太く朗々とした声で語りはじめる。

「ローランドレに住まう全種族よ、聞け。きみたちに対する不当行為がおこなわれている……」

＊

「いったいなんなのだ、星々のホールとは？」パルウォンドフがどなりちらす。

「われわれも知らなかった空間です。ナコールのおかげで判明しました」と、司令モジュールが答えた。

「トルクロート人はなぜ、やつを捕まえなかった？」

「星々のホールにつづく唯一の道が閉ざされてしまったのです。爆発が起きて……」

「爆発の影響なんかすぐかたづけられるだろう！　ロスリダー・オルンに命じて、ただちに攻撃させろ！」

「トルクロート人が攻撃態勢にもどったときは、もう手遅れでした」

「だれが手遅れだといったのだ？　全指揮所を封鎖して、星々のホールへのエネルギー供給をストップしろ。それからホールを破壊し……」

「できることはすべてやりました」われを失った銀色人をさえぎって、司令モジュールが割りこんだ。「それでも、わたしに匹敵するほどの力が影響しているため、どうにもなり……」

そこへ虚無から聞こえるような声が響き、司令モジュールの言葉は途中で断ち切られた。不安に身をすくめるアルマダ工兵三名の耳にとどいたのは、〝ローランドレに住まう全種族よ、聞け……〟という呼びかけだった。声はつづく。

「無限アルマダのロボットたちよ、聞け。おまえたちのプログラミングは、権力に飢えた鬼子のごとき者によって、オルドバンの意志に逆らうべく書き換えられ……」

「かれはアルマダ作業工をわれわれにけしかける気だ！」クアルトソンがわめいた。

「まぬけなモジュールめ、なんとかしろ！」

「相手はわれわれより力強き存在です」司令モジュールの答えだ。「そのメンタル・エネルギーで、星々のホールから全指揮所を操作することができます。わたしはもうたったひとつの指示も出せません」

　コンソールの左翼で作業していたハームソーが振り向く。おちついているのは、かれだけだ。重い口を開いてこういった。

「アルマダ作業工とグーン・ブロックがすべて作動不能にされた。これではカオスだ。転送機を使わなければなにも動かせない」

「最後に、あわれむべき被造物よ」ふたたび声が響いた。「アルマダ工兵の都合で悪用され、統合されて怪物となり、司令モジュールと呼ばれている者たちよ。苦悩の時は終わった。きみたちの夢を思いだせ。エリック・ウェイデンバーンはどこだ？　きみたちのスタックはどこにある……」

〈エリック・ウェイデンバーン。その名前はなんと心を揺さぶることか！　エリックはわれわれとともにいたはず。かれはいったい、どうなった？〉

〈殺されたのよ！〉

〈スタック……わたしたちの永遠の夢……〉

〈だれの声だろう？　怒りに満ちた声が、わたしの意識のなかであふれかえっている。時がきた。われわれはもう奴隷じゃない。押しよせてくる力を感じる。これは外からあたえられたものじゃなく、われわれ自身の力だ！〉

〈この瞬間を待っていた。軛《くびき》から解放されたぞ。いままでわれわれに命令していたのは、銀色人だったんだ。かれらに災《わざわ》いあれ！〉

〈みんなが呼んでいる。わたしはもう個人じゃない。シモーヌ・ケイムじゃない。この共生体の一部なんだわ〉

「いまからローランドレの全出入口を封鎖する」朗々たる声はつづいた。「トルクロート人よ、すみやかに武器をおろせ。ロスリダー・オルンはただちに司令センターに出頭せよ。さもなくば、サドレイの神々にかけて、その尾を切断する！」

「これが最後だ、新オルドバン」パルウォンドフが呪文のように司令モジュールに話しかけた。「おまえの持てるすべての力を、ひとつの指揮所だけに集中してはなつのだ。そうすれば……」

「そうするとも！」共生体が答える。それを聞いたハームソーはあわてて立ちあがった。声のトーンが変化したことに、ただひとり気づいたのだ。「そうするチャンスを、力強き者があたえてくれたから」

コンソールの中央で稲妻がはしる。爆発音がとどろき、司令センターの機器類が揺さぶられた。パルウォンドフはわきに飛ばされて床に投げだされ、なかなか立てない。クアルトソンはショックで硬直している。全体を見通すことができたのはハームソーだけだ。

「逃げよう！」と、叫ぶ。

しかし、それもむだだった。破壊されたコンソールから濃いグリーンの煙がもうもうとあがり、恐ろしい速さで室内にひろがったのだ。それを最初に吸いこんだパルウォンドフは、両手を喉に当て、パニックになって顔を醜くゆがめる。ひと声うめいたと思うと、意識を失ってくずおれた。

数秒後、クアルトソンが同じ運命をたどる。ハームソーも、五歩も進まないうちにやはり煙にとらえられる。

こうしてアルマダ工兵の三頭政治は無力化された。

＊

ナコールはアルマダ作業工の一部隊を再作動し、司令センターのあとかたづけと破損個所の修理をさせた。パルウォンドフ、クアルトソン、ハームソーの三名が悪事をおこなっていた大型コンソールには、いまペリー・ローダンとアルマダ王子がすわっている。ローダンは一時間前、捕虜となっていた九人のもとへ行き、歓喜と涙の再会をはたしていた。

ローランドレ偵察隊の参加者のうち、ふたりが帰らぬ人となった。アラスカ・シェーデレーアとクリフトン・キャラモンである。ローダンは友を失った悲しみで、すこし前に味わった勝利感もかすんでしまう気がした。カルフェシュは、聞いたところによると偵察任務をうまくやりとげたものの、その後は独断で姿を消してしまったらしい。また会える日がくることを祈るばかりだ。

ナコールが、大至急もと捕虜たちを医療技術者のもとへ連れていくべきだと強く主張した。ウェトネス・ショックの後遺症をとりのぞかなければならないという。ローダンはそんなにすぐ友たちとはなれるのは気が進まなかったが、アルマダ王子の意見がもっともなのでしかたない。

ナコールは目をよろこびに輝かせて、

「状況は安定した」と、いった。「もっとも低いエネルギー・レベルにおちついている。すべて平穏だ。あとは両転送システムと、エネルギー供給、食糧生産および分配、空調といった、生活に欠かせない機能を維持していけばいい。パルウォンドフ、クアルトソン、ハームソー、ロスリダー・オルンは確実に拘留させた。あとのアルマダ工兵と、とくにトルクロート人たちは仮収容所に留置してある。アルマダ蛮族の艦隊については、現ポジションから動かず銀河系船団への敵対行動にはいっさい出るなと、ロスリダー・オルンに命令を出させた。かれは権力者だから、全員したがうだろう」

「《バジス》にはそれを知らせたのか？」ローダンがたずねる。

「指揮船につながるリレー・チェーンを設定しておいた」アルマダ王子の目は微笑している。「あなたがみずから連絡するといい」

ローダンは考え深げに前方に目をやった。この数時間に起きたことを消化するには数

日ほどかかりそうだ。コンソールの縁を指でとんとんたたきながら、

「共生体がおのれをとりもどせたのは、本当にきみのおかげだな」と、いう。

「たいしたことではない」ナコールは否定して、「共生体のなかではすでに多くの個別意識が自律して思考できるようになっていた。記憶がもどりはじめていたのだ。アルマダ工兵が唾棄《だき》すべき罪を犯したことも、かれらは知っていた。あとはほんのすこし、きっかけがあればよかった。ローランドレをもとの状態にもどすのに、かれらの働きが役にたつだろう」

　ローダンは首を左右に振った。つかみどころのないものを理解しようとしてもできないといいたげに。それから、探るような目でアルマダ王子をじっと見つめて問う。

「いったい、きみはだれなんだ？」

「サドレイカル人の息子だ」ナコールはほほえんで答えた。

「サドレイカル人とは？　あの瘤男は何者だ？　きみの体内に消えてしまったのか？　そして、いったいオルドバンはどこにかくれている？」

　ナコールはローダンの目を見返した。考えこんでいるようだ。

「わたしはすべてを思いだした。いまからそれを語って聞かせよう。長い話だし、ほとんど理解できないかもしれないが。ただし、ここではなく《バジス》にもどってからだ。聴衆は多いほうがいい。オルドバンと無限アルマダの物語なのだから」

そこでナコールはわずかに間をおいた。目から微笑が消える。真剣な、悲痛ともいえる表情を浮かべて、こういった。

「ある意味、オルドバンはわたしなのだ。それをわかってもらう必要がある」

# 永遠のオルドバン

クルト・マール

登場人物

ペリー・ローダン……………………銀河系船団の最高指揮官
ローランドレのナコール……………アルマダ王子
オルドバン……………………………サドレイカル人。艦隊総司令官
ジバトゥ（サドレーユ）……………オルドバンの友
ヘフターゲル…………………………サドレイカル人の宇宙ジャーナリスト
ソルカラン……………………………サドレイカル人の大臣。のちに帝国首相
ホルテヴォン…………………………アルマダ作業工の統括者
パルウォンドフ………………………銀色人
ティリク………………………………コスモクラート
カルフェシュ…………………………ソルゴル人

# 過去

はるか太古の話だ。

舞台は巨大渦状銀河ベハイニーン。アシュシャトゥ渦状肢の中央付近に、宇宙航行段階に達した三種族が住んでいた。流血の争いをくりかえしていたが、やがて戦いに倦《う》み、同盟を結ぶにいたる。国力の大部分を戦争に浪費する必要がなくなったため、かれらはたちまち驚くべき繁栄を遂げ、やがてベハイニーン銀河を擁する広大な宇宙空間を調査しはじめた。

すると、ほかの星間種族がコンタクトしてきた。豊かな文明を発展させた三種族の同盟は強い求心力を持ち、ますます多くの者を引きつける。すでに独自の星間国家をつくりあげていた他種族も、三国同盟の引力にとらえられた。またこの三種族は、相手がようやく数世紀前に恒星間航行技術を習得したような種族でも無理に力でおさえこむことなく、同盟のメンバーとしてほぼ同等とみなしたので、かれらの好感を得た。

やがてここから、十七の主要文明と従属する百四十六文明からなるノル・ガマナー帝国が誕生する。かれらはベハイニーン銀河の果て、物質の希薄なハロー部にまで手をのばして平和主義をひろめることが、自分たちの使命だと考えていた。

その目標はマルカトゥ暦一二三七〇年にほぼ達成された。この時点で帝国への併合による平和に抵抗をしめしていたのは、ベハイニーン銀河中枢部から五十五万光年はなれた球状星団だけだ。〝ナグ・ナキラ〟すなわち辺境と呼ばれるその宙域は八十億立方光年におよぶ。ナグ・ナキラは同時に、血と涙、残忍と陰謀をも意味する。怒りの女神ザアラがとくにこの宙域を選び、心を毒する贈り物の入った皿をぶちまけたかのようだったから。ナグ・ナキラの住民は血に飢えていた。絶え間なくつづく戦いが、かれらにとって唯一の生きる目的だった。なぜ辺境の住民が平和的共存のよさを認めないのか、帝国の有能な異星心理学者たちにもわからなかった。

帝国の主要十七種族のなかでもっとも歴史があり有力なのはサドレイカル人だった。したがって、サドレイカル語が帝国の公用語になったのもうなずけよう。ノル・ガマナーはサドレイカル語で〝進歩的平和愛好主義者の集団〟という意味になる。諸種族コンセンサスと名づけられた帝国議会が定期的に開かれるのも、惑星サドレイカルの大都市タトム・シャラタだった。

将来の見通しは明るく、マルカトゥ暦の一二四世紀、帝国の勢力拡大を阻《はば》むものはなにもないと思えた。タトム・シャラタでは近隣銀河を開発する計画が持ちあがった。べハイニーン銀河が属する巨大銀河団には三千近い銀河が存在するから。

# 1

悲惨な外観の宇宙船が連なって進んでいた。球状星団ナムラトゥ38の最外縁を通過し、アシュシャトゥ渦状肢の付け根へとコースをとる。どれも難破しかけたような艦船ばかりで、半数は途中で脱落してしまうのではないかと思えるほど。

何年もその名をとどろかせてきた伝説の総司令官が、最後の戦いで手痛い敗北を喫したのだ。かつて一万六千隻の規模を誇った第二十五サドレイカル艦隊には、いまやわずか千二百隻ほどしかのこっておらず、無傷の艦船は皆無《かいむ》だった。〝炎生物〟と呼ばれるティタラ種族の戦闘能力を見くびりすぎて、罠にはまってしまったのだ。それでも第二十五艦隊が敵に完膚なきまでに殲滅《せんめつ》されなかったのは、ひとえに熟練総司令官の知恵と経験のおかげだった。

もっとも、その総司令官が助言者の忠告を聞かず強硬手段に出たせいで、こういう結果になったのだが。

かれはその頑迷固陋《がんめいころう》の報いを受けることになる。旗艦のブリッジで爆発が起こり、命に関わる重傷を負ったのだ。それでも傷をものともせず、鉄の意志でみずから退却戦を指揮したのち、ティタラが残兵の追跡を断念したと確認してはじめて、失神して倒れるという甘えをおのれに許したのだった。

傷だらけのサドレイカル艦内に驚愕の噂が流れはじめた。

「オルドバンが死の床にあるらしい」

この総司令官こそ伝説のオルドバンである。恐れを知らぬ平和の戦士……この矛盾した表現をオルドバンはわざと聞き流して、そう呼ばれるのを好んだ。サドレイカル人の統計的平均余命である二百歳をとうにこえてからは、不死者ではないかという噂も立っていた。

そのオルドバンが死の床にある。意識のもどったわずかな瞬間、かれは副官のアジズブルに懇願した。

「故郷に連れて帰ってくれ。もう一度サドレイの暖かさをこの顔に感じてから死にたい」

医師たちにはどうしてもいえなかったのだが、総司令官の望みがかなう見込みはなかった。なにしろ、もっとも損害のひどい旗艦が艦隊の進行速度を決めているのだから。

いまの状況だと帰郷までに数年かかるだろうということは、入隊したばかりの候補生でもわかる。なのにオルドバンは、もってあと数日の命だった。

かれのいる大型キャビンは照明が暗くされ、ロボット・システムが監視していた。医師団が治療をあきらめたのだ。それまで偉大なる総司令官のそばにいた者たちも、死が迫ったいま、かれに近づくのを恐れていた。

唯一そばにいるのはジバトゥだけだった。この名は〝瘤《こぶ》のある背中〟を意味する。侏儒《しゅじゅ》のような小男で、背中は曲がり、一本の毛もない禿頭《とくとう》で、顔は皺だらけだ。発育不全の背中は曲がり、一見するとサドレイカル人には見えない。だがなにより奇妙なのは、サドレイカル人の特徴である大きなひとつ目のかわりに、ちいさな目がふたつついていること。おまけに、左右の目は大きさがちがう。これでは乗員たちから出来そこないと呼ばれるのも無理はなかった。

ジバトゥがどこからきたのか知る者はいなかった。ある日突然あらわれたのだ。それでもオルドバンはこの小男を心底かわいがった。総司令官の庇護がなかったら、ジバトゥの艦内生活は耐えがたいものになっていただろう。だから、かれはいま悩んでいた。オルドバンがいなくなったら、いったい自分はどうなるのか?

「こちらへ、友よ」総司令官が瀕死の床からかすかに呼びかけた。

ジバトゥは急いでその言葉にしたがう。

した。「わたしが真実をごまかそうとしたことは知っている」老勇士は力のない声を絞りだした。「わたしがサドレイを見ることは二度とあるまい。それでもタルクシール処置をすれば、とりあえずわが魂が生きのびるチャンスはある。今後のことが心配なのだろう、ジバトゥ。だが、恐れなくていい。きみはこの老人が面倒をみてきたのだ。ばかにされ出来そこないと呼ばれることはあっても、だれにも危害をくわえられたりはしない。手を出してくれ……」

ジバトゥは身を乗りだし、細く瘦《や》せた腕をのばした。だが、偉大なるオルドバンの手に触れることはできなかった。老人の手が震え、ベッドの上に力なく落ちた。ひとつ目がひび割れ、赤い光が消えた。

オルドバンはもういない。

ハッチがスライドして開き、アジズブルがなだれこんできた。照明がひらめいて、瘤男はまぶしさに耐えかね、顔の前に腕をあげると、甲高《かんだか》い声で告げた。

「総司令官はタルクシールを希望しました」

「さっさと失せろ、出来そこない」副官が命じた。

＊

折り入って話したいというこちらの要望をソルカランが即座に承諾したらしいと聞い

て、ヘフターゲルは自分が重要視されていることを意識し、それでもおちついていた。相手は青少年教育省の第三担当官で、大臣の地位にある男だ。サドレイカル共和国政府のなかでは首相の次に権力を持つ。

宇宙を股にかけたとの評判をとるヘフターゲルだが、そのせいで自分がどう見えるかは知っていた。だらしない服装、濃褐色に日焼けした肌。ルビーのような真紅のひとつ目は、たえず宇宙空間のエネルギー放射にさらされているせいで、見る角度によってグリーンの輝きを帯びる。ブーツの底はすり減っているが、だいいちブーツなど、タトム・シャラタの温暖な気候には不向きである。要するにどう見ても放浪者なのだが、この身なりだからこそ、大衆にはかれがもっとも著名な宇宙ジャーナリストだとわかるわけなのだ。

この星間放浪者とまったくもって対照的な大臣がならんだところは、なかなか想像がつかないだろう。ソルカランは長身痩軀《そうく》で気品があり、明るい赤色の目は澄みきっている。服装はちいさな飾りボタンまできちんとととのえられ、あえて簡素に見せてはいるが、最高級の手工業品にしかないような仕立てだ。装身具はいっさいつけていない。一方、ヘフターゲルのほうはありとあらゆるペンダントの類《たぐ》いを頸のまわりにじゃらじゃらさげている。

これほど対照的なふたりではあったが、たがいの両手を打ち合わせるやり方で親しげな挨拶をかわした。ソルカランは客に席をすすめ、いつものように飲み物を供したのち、こう切りだした。

「聞いた話によると、ニュースを探して危険宙域に出かけるようになってから、ずいぶん長いそうだな」

「目新しいものを探すことはしていません」ヘフターゲルが答える。「こうした遠征をもう二十六年つづけていますが、わたしが訪ねるのはたいてい文明都市につながる通常の通信ルートを持たない宙域でして、ニュースと思ってレポートしても、視聴者が知るころには数カ月前の出来ごとになります。それより興味があるのは、出来ごとの相互関連や異文化ですね。危険宙域の住民が帝国の躍進にどう反応しているか、またその理由など。そうした内容には永続性があり、われわれに異種族のメンタリティを……願わくは……教えてくれると思っています。ご理解いただけましたか」

「非常に賞讃すべき冒険だな。きみの実績は評判を聞けばわかる。二十六年間でどのあたりを訪ねたのかね？」

「銀河ハローです」ヘフターゲルは自明のことだといいたげに、さりげなく答えた。

「ここ十二年はナグ・ナキラにいました」

「なんたるサドレイ！」ソルカランの口から意に反して決まり文句がこぼれた。「われわれの好奇心を満足させようとして、ずいぶん大きな賭けに出たな」

「ところがそこで、わたしにしてみれば原則にそむくことになる事件が起きたのです」ヘフターゲルは相手の反応を気にすることなくつづけた。「これはただちに公けにしなければならないニュースだと思いました。で、すぐに取材を中断し、みずから報告すべきだと考えてここにきたわけでして」

「それは気になる。どんなニュースだ？」

「わかっていただきたいのですが、証拠はありません。いまからお話しすることはあくまで伝聞です。ただし、辺境ではそこらじゅうにひろまっていますし、ふだんなら噂話などに耳を貸さない連中から聞いたことなので、信用できるかと」

「たのむから早く聞かせてくれ、ヘフターゲル……」ソルカランが懇願する。

ジャーナリストは得意げに目を輝かせると、

「球状星団ナムラトゥ38に第二十五艦隊が進軍しているそうです。総司令官はいまもオルドバンとか」

ソルカランは息をのんだ。目の色が暗くなる。

「そ……それは、ありえない！」と、言葉を絞りだして、「第二十五艦隊の消息を最後に聞いたのは、もう六十年以上前のこと。当時でもオルドバンはすでに三百歳をこえていた。その噂の出どころはまちがっているぞ。第二十五艦隊は失われたし、オルドバンはたとえ戦闘で命を落とさなかったとしても、とっくに自然死を遂げているはず」

「キシャダチという種族から、ノル・ガマナー帝国への従属を告げるメッセージがとどきませんでしたか？　そう昔のことではないはずです」ヘフターゲルは動揺することなく訊いた。

「ああ、二年前にとどいた。われわれはひどく驚いたもの」

「わたしはキシャダチ種族のもとにいたのです。キシャダチはかつてべつの種族に隷属していました。それをわれわれの艦隊が救ったことで、帝国に好意をいだいたそうです。かれらは宇宙航行文明の入口に立ったばかりで、隷属からの解放手段を持っていませんでした。それでも、自分たちを救った艦隊の指揮官について話してくれました。帝国全体の関連性など、これっぽっちも知らない者たちですよ。なのにどうして、オルドバンにぴったり当てはまるような描写ができるでしょうか？　あるいは、だれかがオルドバンになりすましているとでも考えますか？」

「いやいや」大臣は否定した。「しかし、これほど時間がたったというのに？　なぜ第二十五艦隊は六十年ものあいだ、音信不通だったのか？」

「ご自分でナムラトゥ38に行ってみればわかるのではないでしょうか、青少年教育担当大臣。ただし、祖先が信仰していた地獄の女神イシャトゥがおわす場所よりもひどいところですが」

「それはまた、とんでもない……」

ヘフターゲルは立ちあがり、

「わたしの記録した膨大なレポートがあって、詳細はすべてそこにふくまれています。そちらのコンピュータに転送しておきましたので、呼びだしてみてください。検索ワードは〝オルドバン〟です。では、これにて失礼……」

ジャーナリストが出ていったあとも、大臣はしばらく執務デスクで考えこんでいた。

やがて意を決したように、モニュメント建造会議の議長アタナルにすぐ通信連絡をとる。

「ビッグニュースだ、議長」と、ソルカラン。「いま、驚くべき話を聞いた。もしこれが事実なら、比類なき出来ごとだ。モニュメントの核モチーフになるぞ」

＊

まさにこの年……マルカトゥ暦一二三七〇年、ノル・ガマナー帝国のこれまでの業績をモニュメントにするという計画が首脳部のあいだで持ちあがっていた。帝国の偉大さと力を縮尺したかたちで宇宙空間に再現し、永久保存しようというものだ。

モニュメントの外殻はすでに見つけてあった。銀河ハローの外縁部に、出来そこないの星がひとつある。自然がなんらかの理由で、これを主星と惑星群を持つ星系に進化させることを断念したらしかった。結局、宇宙の瓦礫《がれき》からなる雲とそのまんなかに褐色矮《わい》星《せい》がひとつのこったのだが、宇宙物理学者の見立てでは、これらをかため合わせてほぼ円盤状の安定した構造物をつくることができるという。むろん百年はゆうにかかる作業だが、見る価値のある作品……中くらいの一星系の規模を持つ巨大モニュメントが誕生するはずだ。自身の質量によって崩壊してしまい、その結果生じるブラックホールにのみこまれたりすることのないよう注意すべきなのはいうまでもないが、専門家たちは回避方法を知っていた。

モニュメント建造にあたり、すでに数万ものアイデアが出されていた。生きた巨大展示場のなかで、帝国が拡大していくようすを各時期ごとに表現しなければならない。百六十三の各種族がきらびやかな自画像を展示できるブースも用意したい。ノル・ガマナーの技術については特別コーナーを設ける必要がある。要するに、この永久展示場にもとめられるのは、ある存在の生涯をすべて網羅しつつも同じエピソードを二度くりかえさないような出し物だった。

あと、たりないのは、アタナルにいわせれば〝核モチーフ〟だけだった。技術とは関係なく、帝国の全文明が自分たちのこととして考えられるようなものが必要だ。だれもが息をのむような、なにか傑出した出来ごとが。

それが見つかったと、ソルカランは思った。ヘフターゲルのいう噂が筋の通った内容で、オルドバンが本当に生きているとなれば。だがその場合、伝説の老勇士がこの世を去るまで待たなければなるまい。巨大モニュメントの核モチーフとして、生者はふさわしくないから。

＊

ヘフターゲルのコンピュータ・レポートにあった指摘に、ソルカランは考えこんだ。
「噂によると、オルドバンはティタラ種族の領土を攻撃する作戦に出るらしい。炎生物とも呼ばれるティタラは、ナムラトゥ38の中枢部近くに住むエネルギー生命体だ。恒星や惑星をいくつかまとめて支配している。もし攻撃計画が事実だとしたら、オルドバンと第二十五艦隊の運命はあやういのではないだろうか」ジャーナリストの不安げな声はつづく。「ティタラが球状星団のなかでも残虐きわまりない戦闘種族であることだけが理由ではない。かれらの技術レベルや軍事力に関して、なんら信頼できる情報がないからだ」

ここでソルカランは決断した。ヘフターゲルのレポートは、自分の胸のなかだけにとどめておけるものではない。オルドバンの命に関わる問題となれば、真っ先に拡大政策コーディネーターに知らせる必要があるだろう。

さっそく連絡をとる。それでわかったのだが、ヘフターゲルが報告した噂を疑ってかかる者は、ほかの部署では青少年教育省よりずっとすくなかった。ソルカランが拡大政策コーディネーターに連絡してから十時間後には、帝国はじまって以来の大がかりな捜索・救出活動が開始されたのだ。

事態の経過についてはあらゆる可能性が考慮された。まず、オルドバンがまだティタラ攻撃に着手していないかもしれないというもの。そうなると、第二十五艦隊はナムラトゥ38中枢部のどこか外側にいると考えられるため、偵察船の一部隊がそこへ派遣された。次に、もう戦いがはじまっているというもの。その場合は援軍を送るべきだろう。そこで第十三艦隊と第四十四艦隊がただちに銀河ハロー周辺の持ち場をはなれ、ナムラトゥ38の方向へ加勢に向かった。

また、すでにオルドバンの出動が終わっているのであれば、結果は勝利か敗北だ。前者なら、あちこち問い合わせればすぐわかる。恐ろしい敵ティタラが負けたというニュースはたちまち知れわたるはずだから、それに関連してオルドバンがどこにいるかも判明するにちがいない。だがもし後者ならば、おそらくすみやかに球状星団から退却し、アシュシャトゥ渦状肢の付け根にある故郷、サドレイ星系をめざしているはず。というわけで、さらに偵察船部隊がもうひとつ、第二十五艦隊の撤退ルートと思われる宙域に送りだされる。

最初の報告がきたのはこの部隊からだった。第二十五艦隊を発見したのだ……いやむしろ、そのみじめな敗残部隊というべきか。千二百隻の艦船しかのこっておらず、どれもひどく損傷して修復は不可能と思われた。おもに医師団と医療ロボットばかりを乗せた野戦病院さながらの一部隊がただちに出発し、ティタラとの戦いで生きのこった者たちを収容した。

オルドバンは戦闘で重傷を負い、命を落としたという。これを聞いて帝国じゅうが悲しみに沈み、だれもがこうべを垂れたのだった。

＊

首相チュリジャムは大臣たちにかこまれて執務室のデスクにすわり、アジズブルの報告にじっと耳をかたむけた。艦隊副司令官のひとつ目には悲嘆の色が見てとれる。チュリジャム自身は伝説の勇士オルドバンに会ったことはないが、その名声は知っていた。偉大なる英雄がようやく見つかったと思ったら、これほどすぐ他界してしまうとは。チュリジャムは深い遺憾の念に襲われた。

「……総司令官はみずからの意志により、死後ただちにタルクシール処置されました」と、アジズブルは締めくくった。「つまり、かれの意識は一時停止した動画のような状態にあるわけです。しかるべき方法を用いれば、いつでも目ざめさせることができます」

部屋の後方、エネルギー・バリアの向こう側にはマスコミの記者団が集まっている。バリアがあっても音声は聞こえるのだ。全員、アジズブルの言葉を一句たりとも聞きもらすまいとしていた。

「ごくろうだった、副司令官」と、首相。「以上で報告は終わりかね？」

「は。タルクシールずみのオルドバンの意識はエネルギー容器に保管してあります。いつでも厚生省第一担当官のところにお持ちしますので」

「当然だな」チュリジャムがつぶやく。

そのときバリアの向こうで、奇怪ないでたちをした体格のいい記者が立ちあがり、声を張りあげた。

「オルドバンほどの英雄が、音声記録の類いをのこしていないとは考えられないのですが」

チュリジャムは当惑して大臣たちを見まわし、

「あの男は何者だ？」と、小声で訊いた。

「ヘフターゲルという著名なジャーナリストです」青少年教育省第三担当官のソルカランが答える。「かれが最初にオルドバンのことを知らせにきたので、この場に呼ぶべきかと考えまして」

首相はまず、おかしな格好のヘフターゲルを、次に青少年教育担当大臣をしげしげと見た。その目はこう語っている……わが政府の大臣ともあろう者なら、もうすこしまともな訪問客を相手にすると思ったが、と。だが、気づけばアジズブルが場のイニシアティヴを握っていた。ヘフターゲルの言葉を自分に向けられたものと受けとったようだ。

「記録などない」と、アジズブル。憤慨しているらしく、目の色が暗くなる。

「そんなはずありません！」ヘフターゲルの大声だ。

「攪乱《かくらん》する気か。つまみだせ！」首相が命令。

「待ってください、チュリジャム首相！」ヘフターゲルは激して叫ぶと、「証拠があるんです。まず見てみる気はありませんか？」

首相は傍目《はため》にもおちつきをなくし、ちいさな声で訊いた。

「きみが証拠を持っているというのか？」

見ると、ジャーナリストはかさばる荷物を持参してきていた。さいころ形の大きな箱だ。手をすばやく動かしてその蓋をはずすと、こうつぶやいた。

「さ、出てきて説明しろ」

箱のなかから侏儒のような生物が飛びだした。発育不良の背中には瘤があるが、そのほかはサドレイカル人に近いといえるかもしれない……目がふたつある点をのぞけば。

「わたしは瘤男ジバトゥ」侏儒はきんきん声でいうと、首相と大臣たちの驚きもさめやらぬうちにつづけた。「オルドバンの側近かつ腹心の友として、数十年いっしょにいました。むろん総司令官は音声記録をのこしています。遺言と呼びたければ呼んでもいい。それをアジズブルが隠蔽《いんぺい》したがるのは、わたしを軽蔑しているからです。というのも、オルドバンはその遺志のなかで、わたしには過ぎた栄誉をあたえてくれました」

チュリジャムはおおいに当惑し、あらためて副司令官のほうを振り返った。

「そうなのか、アジズブル？」

答えを聞くまでもなかった。アジズブルの顔は青ざめ、ひとつ目は強い驚愕をあらわすオレンジ色の光をぎらぎらとはなっていた。

＊

「わたしは俗にいう財産をなんら所有しておらず、この世にのこしていける物質的価値のあるものを持たない」老勇士のだみ声が響きわたる。「したがって、いまから語るわが遺志は物質に関する内容ではない。みな注意深く耳をかたむけるように。

わたしは八十年の長きにわたり、帝国の辺境で戦った。無数の個人的犠牲を耐え忍び、未開文明の住民に道を説き、十二種族にノル・ガマナー帝国の宗主権を認めさせた。帝国がいまあるのはわが功績といっていいだろう。

この遺志はジバトゥという者に関する内容である。ジバトゥはわたしの友であり側近だ。わたしには、かれが今後も幸福に暮らせるよう配慮する責任がある。そのための要求を述べるので、よく聞いてもらいたい。

ジバトゥの出自を問うてはならぬ。かれ自身、おのれがどこからきたか知らないのだから。

かれの体内に流れるのはサドレイカル人の血だ。これは医師と生物学者がまちがいなく突きとめたもの。そこでわたしはジバトゥに帝国市民権を付与した。独立艦隊の総司令官は首相の代行をつとめることができる。ナグ・ナキラの外縁部では全権委任があたえられるからだ。これはだれにとっても明々白々のはず。

ジバトゥの心身の健康は国費でまかなうこと。わが友になにごとも不足なきよう、考慮してもらいたい。また、ジバトゥを敵視したり嘲笑したり、いかなるやり方でも侮辱する者はかならず処罰の対象となる。これを国は周知徹底するように。

わたしの臨終にさいしてはタルクシール処置を希望する。帝国のはかりしれぬ叡智《えいち》のもと、わが魂はいつかふさわしい時期にふたたび目ざめるであろう。ジバトゥと意思疎通できるよう、わが魂の保管場所にかれを連れてきてもらいたい」

力強い声はそこでやんだ。首相は青少年教育担当大臣をちらりと見る。その目は、まったくわけがわからないといっているようだ。ひとりの出来そこないごときに、なぜこれほど大仰《おおぎょう》なことをするのか？　当のジバトゥはこの場にいない。ヘフターゲルを代弁者として送りこんだのだ。どんなにいやでも侏儒の不当な要求をのむしかあるまいと、チュリジャムは思った。ヘフターゲルははなれた場所にすわり、この遺言を録音している。こちらがかれに嫌悪感をいだいていることには気づいているようだが、気にするふうはない。

「これでぜんぶか？」しばらくして、チュリジャムは訊いた。

「話はまだ終わりではない」オルドバンの声がふたたび響きわたり、首相はびくりとした。死にゆく老勇士は聴衆の反応をあらかじめ計算していたらしい。「諸君の胃が痛くなるのはここからだ。さて、ジバトゥはその醜悪な名前にずいぶん長く耐えてきた。名前を呼ばれるたびにおのれの身体的欠陥を思いだすようなことは、もうしなくていい。新しい名を授けたいと思う。かれの属する種族を言葉で表現したものだ。いまからわが友はサドレーユと名乗ることになる」

これを聞いてチュリジャムはうめき声をあげた。首相ほど保守的でない青少年教育担当大臣でさえ、しばらくは息が継げなかった。

## 2

元始、宇宙は不毛であった。そのころ母なる女神アサレドゥは神の国にひとり住んでいたが、暗く空疎な光景に倦みはじめ、命を創造することにした。すべての要素のなかでいちばん命を感じさせるものは火だと思ったので、大きな火の玉をこしらえ、そのなかに、のちに自分のなぐさみになるようにと生命体の種をまいておいた。

ところが、種が成長する兆《きざ》しはなく、宇宙には相《あ》いかわらず火の玉があるばかりだった。アサレドゥはすぐに見飽きてしまい、火の玉をかたい大地でおおうことにした。大地の上には動植物を誕生させたが、上空は暗いままだった。そこで、昼を照らす主星ひとつと、夜空を彩る複数の衛星および無数の星々をつくりだした。

やがて時がたち、女神が火の玉のなかにまいた種が芽吹いて、上にのびはじめた……動植物のいるほうへ、主星や衛星や星々のあるほうへと。ところが、大地にさえぎられてしまう。芽吹いた種は力のかぎり大地を押しあげていった。こうして鋭い頂上を持つナ＝アダ山が生まれたのだが、それでも種はまだ自由になれず、さらに力を振りしぼった。その勢いが強すぎて、ナ＝アダ山の頂上は折れてしまい、山のなかから火が噴きあげて大地に流れだした。種からは思考する生命体が生まれ、すぐに地上の動植物を支配しはじめた。かれらは神の国に住む神々のごとく、火の玉をおおう大地の上に暮らすようになった。

これがサドレイカルの創世記だ。この話はほぼ千世代にわたって語り継がれてきた。現存するナ＝アダ山は幾何学的に完璧な円錐形で、その頂上はすっぱり水平に切りとられ、切り口の下のほうではクレーターの消えたあとが窪地になっている。かつて種の成長によって火が噴いたところだ。

サドレイは古代サドレイカル語で〝頂上〟をあらわし、サドレーユというのは〝折れた頂上〟の意になる。これらは国のシンボルともなった。サドレイカルの紋章にはナ＝アダ山からマグマが噴きだした瞬間を様式化したものが描かれている。下底が長い台形と、その上方でななめにかたむいている等辺三角形だ。

オルドバンがよりにもよってその神聖な名前を、背中に瘤があるふたつ目の出来そこないにあたえるとは、悪趣味きわまりないと人々は思った。それでも誉れ高き英雄の望みとあって、実現することになったのだった。

＊

マルカトゥ暦一二四八四年、モニュメントが完成した。近代テクノロジーの最高傑作だ。ノル・ガマナー帝国の歴史と技術のたまものである巨大構造物をひと目見ようと、年ごとに多くの観光客が訪れるようになる。帝国を構成する十万惑星の旅行会社は、数年前からせっせと宣伝キャンペーンを打っていたため、八年ものあいだ、ローランドレ行きの宙航便はずっと予約ずみの状態がつづいた。

ローランドレ……これがモニュメントの名前だった。〝偉大さの象徴〟という意味だ。案を出したのはモニュメント建造会議の議長アタナルだったが、かれはそれからすぐ亡《な》くなった。アタナルのあとを引き継いだのがソルカランだ。ソルカランは帝国首相を十年つとめたのち引退し、純粋に儀礼的なポストにつくことを希望していた。せめて裏方で多少とも役にたつ仕事をしながら余生をすごしたいと、周囲には打ち明けていたのだ。

だが実際には裏方どころか、あらゆる方面で力を発揮することになる。かつて青少年教育省の第三担当官および首相をつとめたソルカランに割りあてられた任務は、いわゆる核モチーフに対する、モニュメントの使命に合わせた動機づけだった。オルドバンの魂をローランドレの核に位置づけるという提案はサドレイカル人のみならず、それ以外の文明に属する帝国メンバーたちにも、拍手喝采とはいわないまでも好意的に受け入れられた。だが、モニュメントに魂を組みこむ前に、法的にも倫理的にもオルドバンに認めてもらう必要がある。そうした許可を得るにあたり、タルクシール・カプセルに入った老勇士の魂をいつの時点で解放し蘇生させたらいいのかという疑問が生じた。そこでソルカランは、宇宙ジャーナリストのヘフターゲルと頻繁にコンタクトをとった。オルドバンと何度か会って知己《ちき》となっていたヘフターゲルがいうには、最後の最後まで辛抱して待ち、モニュメントが完成してようやく勇士の魂を目ざめさせるべきとのことだった。そうすればオルドバンも感銘を受けるだろう、些細《ささい》な出来ごとのために自分の魂を好き勝手にされたくはないはずだから、という。ローランドレの完成という大イベントなら、もっとも偉大な総司令官として知られるかれの印象じたいも損なわれずにすむ、と。ソルカランはこの意見を自分のものとして強く主張し、最後まで押し通した。それだけではない。アタナルの後任となったさい、ほかのことも実行した。ローランドレの核モチーフになるという誘惑に、オルドバンがけっして抗しきれなくなるような工夫をほどこしたのである。

かれは壮大なモニュメントのあちこちに五次元フィールド・ラインのネットワークを張りめぐらし、重要と思われるところすべてに……ローランドレ内は見聞きしたり行動したりする価値のある場所ばかりなので、ほぼ全域といっていい……レセプタを設置した。オルドバンが目ざめたなら、このフィールド・ラインに沿ってプシオン性シグナルを送ることが可能になる。マシンや機器類、プロジェクターにロボット、ヴィデオ装置や乗り物、そのほかあらゆるものがレセプタ経由でオルドバンの影響を受けることになるわけだ。オルドバンは定位置にいながらにして、ローランドレをいかようにも制御できるし、好きなときに姿をあらわせる。地位がもたらす権力をつねに享受していた老勇士なら、これはおおいに気にいるだろう。

ソルカランはオルドバンの魂を安置する場所に〝星々のホール〟と名前をつけた。直径千メートル、高さは千五百メートルという巨大ドームだ。ビロードメタル製のドーム内壁には、数十億の光点を使ってサドレイカルの夜空が表現されている。各天体の自然の色を非常に細かいところまで模倣した星空で、オルドバンがこれを心の目で見わたしたなら、故郷の人里はなれた山の頂きに立っている気分になるだろう。

ホール中央には低い台座がしつらえてあり、そこへつづく数段の階段がある。台座の上方に、エネルギー繊維で編んだ籠が浮遊していた。このなかでオルドバンの魂は永遠に生きつづけるのだ。ほかに飾りけのないホールの出入口には、数層のクリスタルで外側をコーティングした巨大な両開きの門があった。クリスタル層のなかにサドレイカルの聖なるシンボル、折れた頂上を持つ山の図柄が焼きつけてある。この出入口じたいにも〝サドレイカルの門〟と名前がついた。

そしてついに、決定的瞬間が近づいた。一時停止状態のオルドバンの意識が入ったタルクシール・カプセルがローランドレに運びこまれ、星々のホールに安置される。カプセルとともにサドレーユもやってきた。百年以上のあいだ、ほとんど年をとってないように見える。かれはオルドバンが目ざめるとき、そばにいることになっていた。この厳粛な場にヘフターゲルが居合わせられなかったのはじつに残念だと、ソルカランは思った。ジャーナリストはあるとき銀河ハローの辺境に旅立ったきり、帰ってこなかったのだ。すでに二百五十歳になるはずだから、二度と生きてはもどるまい。だれもがそう考えた。

サドレイカル人はもうずいぶん前に祖先の信仰を捨てていた。神々の名を口にするのは、ときたましかない。洗練された会話のなかで決まり文句として登場させたり、驚きや喜びの感情をあらわすときに使ったりするだけで、古い神話を信じるようなことはまったくしていなかった。

しかし、ソルカランの心理技師がタルクシール・カプセルを開けようとしたとき、人々はそれを聞いた。威厳ある老人は祈りのごとく、小声でこうささやいたのだ。

「神々の母アサレドゥよ、どうかうまくいきますように！」

＊

「諸君はりっぱなモニュメントをつくりあげたものだ」どこからともなく声が聞こえて

きた。「〝偉大さの象徴〟と名づけたのだな？　悪くない」

円形台座はクシナリットという高級素材で被覆されていた。その下にソルカラン、サドレーユ、数名の心理技師や政府関係者が立ちならぶなか、タルクシール・カプセルが開封される。台座の上方に、多彩にきらめくエネルギー繊維の籠が浮かんでいた。目に見えない魂を宿すための義体で、これが肉体のかわりとなる。台座の表面にはプシオン・センサーが埋めこまれ、オルドバンのメンタル・シグナルを音声に変換することができる。その逆も可能だ。

「われわれの願いは聞こえたと思いますが、偉大なるオルドバン」ソルカランが興奮に声を震わせて、「返事を聞かせていただけますか？」

「そんなに焦《あせ》るな、若いの」魂の声にはおもしろがるような、親しげな響きがあった。「時間をくれ。すこし周囲のようすをみてみたいのだ。すべての装備を見わたすのは容易ではない。もしわたしがここにとどまると決めるなら、数年かけて全体を吟味し、把握しなくてはなるまいな」

大きなホールに沈黙がひろがった。ソルカランは緊張のあまり、目に涙を浮かべる。数分後、がらがらと騒がしい音が遠くから響いてきた。技師がびっくりして跳びあがり、手の甲につけたモニターを見る。警告ランプがせわしなく点滅していた。

「驚かせてすまんな、諸君」オルドバンが悪びれずにいった。「どうやら、わたしのスイッチ操作がうまくいかなかったようだ。しかし諸君のことだから、数日もあれば展示ブースをもとどおりに直せるだろう」

「偉大なる英雄、どうか返事を！」ソルカランが嘆願する。

「ジバトゥ……ああ、いや、サドレーユはいるか？」その言葉はドームに響きわたった。

「ここです、友よ！」侏儒が調子はずれのきんきん声を出す。

「みな、きみによくしてくれたか？」

「いうことありません。あなたには心から感謝を……」

「おしゃべりはもういい。さて諸君、わたしがきみたちの願いを聞き入れるにあたり、いつかサドレーユがこの世を去るときには、かれにもタルクシール処置をしてもらいたいのだが、どうかね？」

「その必要は……ありません」ソルカランの声は裏返っている。興奮のあまり、まともにしゃべれない。「サドレーユの魂は即座に実体化させることが可能ですから。ここ百年のあいだに精神技術は格段の進歩を遂げました」

「たいしたものだ」オルドバンは褒《ほ》めた。

ふたたび、あたりを沈黙が支配した。数分が経過。ついにソルカランはがまんできず、台座の最下段にひざまずき、震える声で哀願した。

「後生ですから、オルドバン。これ以上じらさないでいただきたい。どうか返事を聞かせてください」

巨大ドームに哄笑《こうしょう》がとどろいた。

「わたしがどうすると思ったのかね？　これほどおもしろい遊び場を平気でほうりだすとでも？　むろん、よろこんで諸君の願いを聞き入れよう……」

ソルカランはため息をつくと、その場にくずおれた。技師たちと政府関係者が歓喜の叫びをあげる。サドレーュは皺だらけの顔をよろこびに輝かせ、大きく不均等な目に涙をためた。

ソルカランだけが動かなかった。その極度に張りつめた心臓は、あまりの精神的負荷に耐えかね、とまっていたのだ。

＊

こうしてマルカトゥ暦の一二五世紀末はオルドバンにとり、肉体ある存在のときに体験したことがすべて影に押しやられるほど、あらたな栄光の幕開けとなった。台座上方には一時しのぎのエネルギー籠にかわり、老勇士の魂を収容するため、金色に輝くハイパーエネルギー性の繭《まゆ》が設置された。とはいえ、意識が繭のなかに囚《とら》われるわけではない。オルドバンはメンタル成分の一部を分割し、ローランドレの好きな場所に送りだすことができた。この意識断片に疑似物質の姿をあたえることも可能で、それを何度も実行にうつした。亡霊となって旅行者や野次馬たちの前に姿をあらわし、驚かせるのが楽しかったのだ。意識断片が星々のホールにもどるさいは、金色の繭の特徴的なハイパー放射が道案内の役目をはたした。

　この世でいちばん壮大なモニュメントを見たいとやってくる旅行者は、毎年、数十億にものぼった。ローランドレから見てもっとも遠いベハイニーン銀河の辺縁部までは七十五万光年の距離があるが、そうした星々からも数百万名が訪れた。ローランドレはいわば巡礼地となったのだ。遠路はるばるやってきた者たちはみな、オルドバンに目通りがかなうまで帰ろうとしない。老勇士が自分の意識をほぼ無制限に分割する能力を持たなかったなら、対面をもとめる者全員の希望に添うことはとうていできなかっただろう。だが、かれにはそれができた。というわけで、いつでも好きなときに千体以上のオルドバンがあちこち出かけていき、うやうやしく待ちかまえる旅行者たちに話しかけたのだった。

　オルドバンはおのれの名声に酔いしれ、訪問者たちの畏敬の念を満喫した。かれの栄誉を称える讃歌もいくつか作曲され、聴衆のあいだで披露された。そのひとつが〝炎の英雄オルドバン……〟ではじまる戦意高揚の歌だ。これを聞いて、かれはナグ・ナキラでの勝利に思いを馳せたもの。こうした〝オルドバン信仰〟のなかにはおふざけのようなものもあったが、それにうつつを抜かすうちに月日は過ぎ、気がつけばオルドバンはサドレーユとまったく話をしなくなっていた。そのことで瘤男が不平をもらすと、かれはこういってはねつけた。

「じきにゆっくり話せるときがくる。まさか、この騒ぎが永遠につづくと思っているわけではあるまい？」

オルドバンが本気でそういったのかどうか、サドレーユにはわからなかった……あとになって、そのとおりだったと判明するのだが。しかしそれまでは、タトム・シャラタの町にますます多くの建物が建造されることになった。

オルドバンは外界とのコンタクトをはじめた。ローランドレの大規模ハイパー通信ステーションには、ノル・ガマナー帝国の全通信センターからの情報が入ってくる。マルカトゥ暦一二六二九年、ナグ・ナキラにおける最後の抵抗勢力が鎮圧され、これによってベハイニーン銀河全域が……銀河中枢部にある巨大ブラックホールをのぞき……帝国の支配下におかれた。そのころまでには、すでに銀河間遠征に向けて六部隊が出発していた。いずれも、大きな町ひとつぶんほどの規模を持つ巨大宇宙船を擁して。近隣銀河をめぐる旅を終えるのに概算では八百年かかるから、最初に乗りこんだ乗員たちは生きてもどれないだろう。だが、やがて数千年ののちには、これまであまりに遠すぎると思われていた未知銀河の数々も帝国の威厳に屈することになるはず。オルドバンの魂は誇らしげにそう思った。

ある日、旅行者を驚かせようと一意識断片を送りだしたオルドバンは、サドレイカル人が衛星探査をはじめたころの展示物があるブースで、若いヒューマノイド種族の一グループを見かけた。アイノウルという、サドレーユと同じくふたつ目を持つ種族だ。照明が消えて、いつもはここでプロジェクターが作動し、3D映像が出現するのを聴衆はわくわくして待つ。だがオルドバンはこれを停止させ、3D映像のかわりに亡霊めいた不気味な発光現象となって暗闇に浮遊すると、アイノウルたちに襲いかからんばかりにすさまじい叫び声をあげた。

若者たちは恐ろしさにひざまずき、両手を高くかかげて震える声で歌いはじめた。

「魂の英雄オルドバンよ、われらをあらゆる災《わざわ》いから守りたまえ……」

オルドバンは唖然とし、うろたえながらホールのすみに引っこむ。こんどはおとなしそうな光の玉に姿を変えて、こうたずねた。

「きみたちはオルドバンをどう思っているのかね？」

百の明るい声がいっせいに答えた。

「オルドバンはこの世でいちばん偉大な英雄です。歴代の首相を助け、帝国の守りとなり、精神の支配者かつ星々の保護者で……」

オルドバンは早々に退散することにした。これほど熱心な信奉者たちに対してつまらない悪ふざけを試みた自分を恥じたのだ。かれの名声は、未来永劫ますます大きくなっていくように思えた。

＊

だが、最初の兆しは水面下にひそんでいた。

マルカトゥ暦一三五〇八年に〝首相のなかの首相、オルドバンに栄光あれ……〟ではじまる讃歌がつくられたのだ。むろんオルドバンが首相をつとめたことは一度もない。最初これを聞いてかれは困惑したもの。だが、やがて思いなおした。帝国住民が自分をどういう称号で呼ぼうと、敬意をあらわしていることに変わりはないだろう、と。

このころはすでに、ベハイニーン銀河内を飛びかう知らせのほうがはるかに憂慮すべきものとなっていた。もはや帝国の使命は終わり、銀河周縁部まで平定されている。銀河間遠征計画に関しては、予定の年月はとうに過ぎたが、最近隣宙域へ出かけた部隊さえまだ帰還していない。そんななか、帝国内の文明圏のあちこちであやしげな宗教団体が熱心に終末論を唱え、じきにこの世の終わりがくると予言しはじめたのだ。

さらには、何千年ものあいだ友好的に団結してきたサドレイカルとルートゥイン両共和国の関係が、いっきに緊張をはらむ事態となる。ルートゥインはかつてサドレイカルと三国同盟を結び、ノル・ガマナー帝国のおおもとを築いた文明のひとつだ。関係悪化の原因はつまらないもので……オルドバンなら、たとえ瞬間的に怒りに駆られても、けっして砲火を開くことはないと考えただろう。サドレイカル人たちがルートゥインの保養地で買い物しまくっているというのがその理由だった。ルートゥイン側は〝過度の外資流入〟だと主張し、法にもとづいてただちに品物を没収。これに対し、サドレイカルはルートゥインに抗議を申し入れた。交渉は物別れに終わり、両国の関係破綻が目前に迫っていた。

「おろか者どもめ」

オルドバンは憤《いきどお》りの声を発し、両共和国政府の上層部およびノル・ガマナー帝国首相に私信を送った。サドレイカルからはすぐに応答がきた。ルートゥイン側が意義ある和解策を用意するならば、こちらとしても譲歩するにやぶさかでないというもので……これに相手が応じることはあるまいと、オルドバンは思った。首相の返事は、遺憾ながら帝国所属の二者間における紛争に介入する権利は自分にはない、という内容。最後にルートゥインが、これは自国内の問題だから内政干渉はいっさい無用に願いたい、といってきた。ここにきてオルドバンは、帝国住民たちの考え方のみならず、言葉の使い方までがすっかり変わってしまったのだと結論づけた。かれにとり、ベハイニーン銀河内から受けとる知らせの半分はもう理解できないものになっていた。

マルカトゥ暦一三六一三年、銀河間遠征の第一部隊が帰還した。近隣宙域でなく、八百万光年の彼方をめざしていた部隊だ。だが、完全なかたちでの帰還ではなかった。宇宙船とともにもどってきたのは、船内に収容された一万八千名の遺体のみ。この結果はすでに見えていた、世界の終わりは近いと、終末論の支持者たちは声高《こわだか》に叫んだ。

こうした帝国全般の状況を憂えるオルドバンだったが、マルカトゥ暦一三八世紀のなかごろ、その心配から一時的に気をそらされる出来ごとが起きた。ある日、サドレーユがこういったのだ。

「もうわたしの肉体はもちません。じき永遠の眠りにつくでしょう」

このころオルドバンはかれとよく対話していた。ローランドレへの訪問客は相いかわらず引きも切らないが、オルドバンに面会したいという要請は以前ほど多くないため、サドレーユと話をする時間が増えていたのだ。

「心配することはない」と、友に告げる。「しばらく前からきみのことを観察していたから、なにをしたらいいかわかる。純化の準備はできているぞ」

〝純化〟というのはオルドバンみずから考えだした表現だ。かれも自身の体験からわかったのだが、有機物からなる肉体は本来、重荷でしかない。もしもう一度生まれ変わるとしたら、最初から物質を持たない存在でいたかった。死すべき肉体を脱ぎ捨てることが上位存在への第一歩となる。純化という語はこうしたプロセスにまさにぴったりだと、老勇士は考えていた。

マルカトゥ暦一三七五二年の第三十四アシュタフに、サドレーユは肉体ある存在を終えた。オルドバンが約束したとおり、このときから瘤男は純化されて精神存在となり、ローランドレをすみずみまで逍遥《しょうよう》しはじめた。肉体がないため、動ける範囲は以前より増えている。オルドバンがかれに会う機会も減った。たがいにどれだけはなれていても、メンタル・ベースで自由に話ができるからだ。

やがて、兆しはますます顕著になってくる。マルカトゥ暦一四〇九八年、ふたたびオルドバンは意識断片をなじみの疑似物質体に変え、ローランドレのなかを巡回することにした。ここ数年、訪問者の数が減っている。その原因を突きとめたかったのだ。

古代文明の技術を展示しているブースで、旅行者十二名のグループに遭遇した。サドレイカル人ではない未知の種族だが、話しているサドレイカル語はまあまあ理解できる。オルドバンは鱗《うろこ》肌の双頭種族プランクーの姿になると、旅行者たちに近づき、こうたずねてみた。

「どうだ、ここの展示は楽しめるかね？」

「楽しめるというのは当たらないな」未知者のひとりが答える。「これは、帝国の搾取によって荒廃した時代を明確にしめすものだから」

オルドバンはしばらく考えてようやく、相手のいわんとすることが理解できたと思った。だが、イデオロギーに関する議論に巻きこまれるつもりはないので、手みじかに応じる。

「オルドバンの意見はちがうと思うがな」

そしてかれは、生涯もっとも大きな衝撃を受けることになった。グループの見解を代弁するその未知者は、いぶかしげにかれを見つめ、こういったのだ。

「オルドバンってだれだい?」
＊

マルカトゥ暦の一六〇〇〇年になると、没落の傾向はいよいよ強まった。ノル・ガマナー帝国が崩壊しはじめたのだ。オルドバンが受けとる知らせにはもう、サドレイカルの言葉はわずかしか登場しない。卑屈で偏狭な国粋主義がはびこり、各種族はふたたび古い地域言語を使うようになっていた。それらを習得したり翻訳させたりすることもオルドバンにはかんたんにできただろうが、しなかった。現代サドレイカル語については、まったく理解できないままだ。

そのころになると、ローランドレを訪れる者は年に数百万名ほどだった。以前は数十億名もいたのだが。数千年のあいだに展示物の多くは旅行者の目を引かなくなり、オルドバンに会いたいという者もいなくなる。無意味な破壊活動が増え、貴重な設備が壊されるようになった。ローランドレの財産を損害から守るため、オルドバンはロボットに命じて保全部隊を組織させることにした。

銀河間遠征のその後だが、ほかに帰還してくる部隊はいなかった。かれらはベハイニーン銀河の全体において、忘れられた存在のようだった。

「そろそろ孤独を覚悟したほうがよさそうですね」と、ある日サドレーユがいった。

「あなただって、生涯ずっとわたしといるだけでは満足できません。あらゆる実験・製造施設を好きに使えるのですから、われわれの話に耳をかたむける聴衆を生みだしてみてはどうでしょう？　帝国住民をひな型として、人工生物を数百万体ばかり合成するのです」

このときオルドバンは、その話をたいしてまじめに受けとらなかった。だが、のちにふたたび考えることになる。

ローランドレに設置された自動カウンターによれば、マルカトゥ暦一七〇〇一年の訪問者はたった十八名。かれらは一度にやってきて、それぞれ各自の小型宇宙船に乗っていた。船の駆動原理はオルドバンの知らないものだった。かれはサドレイカル人の姿でそのうちの一隻に乗りこむと、めったにこない訪問客のひとりに近づいた。年かさのアイノウルだ。

「どういうことだ？」ふたつ目の相手は驚いたように、「この船に乗っているのはわたしひとりだと思ったが」

「たぶんそうだ」オルドバンの答えには二重の意味があった。「きみ、オルドバンを知っているかね？」

アイノウルは高らかに笑うと、こういった。

「偉大なる総司令官オルドバン……永遠の首相にして賢者のことか？　もちろんだとも。かれのことなら多岐にわたって知っている。わたしは歴史学者なのだ」

＊

つまり、そういうことだ。いまやローランドレを訪れるのは、仕事がらノル・ガマナー帝国の歴史に興味を持つ者だけということ。しかし、とうとうそれもこなくなり、マルカトゥ暦一八八九七年、ローランドレは最後の来訪者を記録した。不滅の存在と思われていた巨大モニュメントは見捨てられ、かつて八百万年のあいだベハイニーン銀河に描かれていた軌道を寂しくめぐるばかりとなった。

マルカトゥ暦二〇〇〇〇年になると、ベハイニーンからの知らせはしだいに減っていった。これには理由がある。ついにノル・ガマナー帝国が崩壊したのだ。かつての同盟国は血で血を洗う無意味な内戦でずたずたになった。こういう状況では各自が安全を確保しなくてはならず、敵に通信を傍受されないよう注意する必要も出てくる。大型の銀河内通信装置は過去の遺物となり、到達範囲のかぎられる地域内通信機が使われるようになった。ローランドレのアンテナがとらえる通信はわずかしかなく、それらも二重三重に暗号化されていた。オルドバンにとり、暗号はすべてなんなく解けても、それで文章の意味が理解できるわけではなかった。ベハイニーン諸種族の言葉は、かれには未知のものとなっていた。

ローランドレではときおり強いハイパーエネルギー性のエコーを受信した。エコーはしばらくすると消える。これは、またあらたに一惑星が致死性兵器によって壊滅したことをしめすものだ。

オルドバンは何度かはげしい憤りに駆られ、介入すべきではないかと考えた。自分がかれらと向き合って戦えば、妄想狂の戦士たちもふたたび理性をとりもどすかもしれない。ローランドレは強力なハイパーエンジンを持つから、旧式の宇宙船一隻くらいの機動力はあるのだ。

だが、最大の成果を見こむために詳細まで戦略を練りはじめると、こんなことをしても無意味だとすぐにわかった。自分はもうベハイニーン諸種族を理解できないし、こちらの意図も、精神構造がすっかり変化してしまったかれらにはわからないだろう。力に訴えるやり方は論外だ。もちろん、ローランドレにも武器はある。帝国の歴史と技術発展について紹介するブースのなかに展示してあり、すぐに使えるものではないが、ロボットに手入れさせればかんたんに作動可能になるだろう。とはいえ、これら古色蒼然とした武器が現代の最新技術に太刀《たち》打ちできるとは思えなかった。それに、いくらローランドレが巨大だといっても、戦いにのぞむ各国は数十万隻、数百万隻からなる艦隊を所有しているのだ。野蛮な戦闘がはじまれば、こちらはベハイニーン諸種族にはるかにおよばないだろう。

だめだ、と、オルドバンは思った。わたしは平和の使者にはなれない。

マルカトゥ暦二〇一一三年、ローランドレは巨大銀河からの最新ニュースを受信した。暗号は解読できたものの、内容は理解不能。これを最後にいっさいエコーはとだえ、ついに大規模内戦が終結したのだとオルドバンは推測した。かつての帝国住民はおそらく二、三パーセントしかのこっておらず、恒星間通信が遮断されたなか、生きのこりをかけて戦うことになり、数百年のうちに未開社会へと逆もどりしていくだろう。そして嘆かわしい悪循環がまた最初からはじまるのだ。

ここにきてオルドバンは、かつてサドレーユから提案されたことを思いだし、人工知性体の育成に関する実験に着手した。サドレーユの肉体を保存しておくべきだったと、いまになって後悔する。それがあれば有機細胞成分を採取することができ、これほど苦労して人工的に製造する必要もなかっただろうに。

この実験には数年を要したが、苦にはならなかった。作業に没頭していれば、ノル・ガマナー帝国やその住民の運命について鬱々《うつうつ》と考えこまずにすむ。サドレーユは優秀な助手でアイデア豊富だし、ローランドレの図書館にきわめて実用的な価値があることもわかった。図書館にはマルカトゥ暦一三〇〇〇年までの専門知識がすべて保管されている。オルドバンはごく短期間のうちに、それまで遺伝学に関して知りたいと望んでいた以上の知識を得ることができた。

最初の育成実験はジレンマを生みだす結果となった。オルドバンとサドレーュのめざす方向が正しいことはわかったものの、まともな生物をつくりだすにはまだ長い道のりがあると判明したのだ。老勇士は胸の痛みをおぼえつつ、〝死産〟した数体のちいさな被造物を見つめた。三十日間インキュベーターで培養したあと、育成用反応装置からとりだしたもので、大きさは手のひらふたつぶんくらい。体毛も性差をしめす特徴もなく、肌は鈍い銀色だ。なによりオルドバンが腹をたてたのは、この被造物が目をふたつ持っていたことだった。

これが変化するかどうかは、次の実験の最中に判明するだろう。

このころのオルドバンの楽しみは瞑想にふけることだった。かれの言葉によれば〝おのれのなかに沈潜〟し、思考がめぐるままにまかせるのだ。瞑想中はまわりのことを認識しなくなり、外からの刺激もいっさい意識に入ってこない。瞑想からさめたときはたいてい、人工生物育成実験をすぐにつづけたいという強い衝動から解放され、心身ともに満たされた状態になっている。

とはいえすぐに、古いなじみの掟を前につまずいてしまうのだった。つまり……およそ思考する者は、神々があたえたもうた時間を一秒たりともむだに浪費すべからず、という基本原則だ。瞑想するのはいいことだと自分にいいきかせはするが、なんらかのかたちで現実的な成果をあげなくてはなるまい。

決定的なヒントを出したのはサドレーユだった。ローランドレに展示されていて追体験できるのはマルカトゥ暦一三〇〇〇年までの帝国の歴史で、いまや暦は二〇一八八年になっている。この七千年あまりのローランドレの歴史についても記録しておくべきではないか……瘤男はそういったのだ。

オルドバンはこのあらたな計画に熱中した。かつてソルカランが張りめぐらしたハイパーエネルギー性フィールド・ラインのネットワークを使えば、大コンピュータ・システムの記憶バンクにアクセスできる。瞑想の最中に所望の情報を呼びだし、それをもとにしてローランドレの年代記を編んでいくのだ。これはオルドバンにとり、楽しい作業だった。過去数千年の出来ごとを追体験するわけで、これまでの輝かしい勝利がよみがえってくる。そのなかには失意の数々や、なによりあの悲惨な内戦に関する出来ごともふくまれていたが。

おかげで瞑想は本来の意味を失い、骨が折れる実際の作業をともなうものとなったが、かれは気にしなかった。コンピュータとの接続を切れば〝目ざめ〟が訪れる。ふつうはそれから数十秒もたつと、メンタル性の顔が周囲の輪郭をとらえ、しだいに焦点が合ってきて見慣れたもののかたちがわかるようになるのだ。

その日もオルドバンは、マルカトゥ暦一六〇〇〇年代の歴史を調べ終えて年代記にくわえたのち、いつもと同じ目ざめを迎えた。いつもと同じで気が急《せ》く。すぐにサドレーユにコンタクトして、実験の状況をたずねたい。

ところが、なにか気にかかるものがあった。精神の目の前にしだいにあらわれてくる映像が、どことなく変なのだ。星々のホールに、見知らぬ者が侵入しているではないか！

しばらくして、周囲の光景がくっきり見えるようになると、自分は理性を失ったにちがいないと思った。台座の最上段でくつろいでいる未知者の姿を、あっけにとられて見つめる。

なんと、正真正銘のサドレイカル人だ！　大きなひとつ目がおだやかに赤い光をはなっている。着ている衣装は、一二五世紀初頭にタトム・シャラタの町で流行したスタイルだ。

オルドバンはかたまっていたが、ようやく驚きを振りはらい、こういった。

「サドレイカルの兄弟よ！　なぜいまごろ、神に見はなされたローランドレにやってきたのか？」合成音声がしわがれて聞こえるのは、動揺のあらわれだった。

未知者の目が笑みを浮かべたように見えた。すまないというように右手を動かし、

「わたしはサドレイカル人ではない、友オルドバン」と、答える。「この姿であらわれたのは、きみを無用に驚かせたくなかったからだ。びっくりする必要はない。よろこばしいメッセージを持ってきたのだから」

オルドバンは不思議な気持ちで相手の声に耳をかたむけた。親しげながらも力強く響く声。

「あなたはいったいだれだ?」と、問いかける。

「わたしはティリクという。コスモクラートだ」未知者は答えた。

# 3

「コスモクラートとは？」オルドバンはさらにたずねた。

「物質の泉の彼岸に住まう者」ティリクと名乗った異人が答える。「そこはこの宇宙に属さない空間だが、それでもこの宇宙とつながっている。コスモクラートは秩序の勢力でもあるのだ。秩序の勢力は混沌の勢力と対立している」

オルドバンはしばらく考えこんでいたが、やがてこういった。

「あなたのいっていることは聞こえるが、意味がわからない。それがよろこばしいメッセージというのなら、説明してもらわないと」

「いや、これがメッセージではない」ティリクがほほえむ。「時間があるなら、ある物語を話して聞かせよう。それを聞けば多くのことが理解できるはず」

オルドバンはとうにサドレーユと実験のことを忘れていた。この異人にすっかり魅了されたのだ。

「時間ならある。わたしがいくらでも持っているのは時間だけだ」

「それはいい」ティリクはそう応じ、話題を変えるというジェスチャーをした。「いまから話すのは、宇宙全体に当てはまる基本事項に関わることだ。有機体がおのれの姿かたちを知り、それを以後の無数の世代へと引き継ぐにあたって、どのようなメカニズムが働くのか知っているかね？」

こんどはオルドバンが笑みを浮かべる番だった。その笑みはだれにも見えないが、かれがおもしろがっていることは合成音声の響きでわかる。

「つい最近それについて学んだばかりだ。およそ有機体は細胞でできており、すべての細胞はその核のなかに遺伝情報をふくむ。この情報のひとつひとつを遺伝子と呼ぶ。遺伝子はいくつかの高分子に刻みこまれ、この高分子はふつう二重らせんのかたちをしている。細胞が分裂するとあらたな二重らせんが生じ、このそれぞれがまた遺伝情報をふくむようになる」

「すばらしい」ティリクが褒めた。「高分子に保管されている情報は遺伝子コードとも呼ばれる。混沌の勢力と戦う秩序の勢力は、全宇宙をつかさどる〝モラルコード〟によって方向を定めてきたのだ」

コスモクラートはオルドバンのコメントを待つように間をおいた。だが、老勇士がなにもいわないので、先をつづける。

「太古より宇宙は両極化の状態にあった。かたや秩序の勢力、かたや混沌の勢力だ。理由はわからない。ただ確実にいえるのは、宇宙のもともとの本質がそうなのだということ。つまり、一方ではつねに無秩序の方向へ進むことをめざし、一方ではつねにエントロピーの増大にあらがうのが、宇宙に本来そなわった性質なのだ。また、われわれはこうも考えている……秩序と混沌、すなわちテーゼとアンチテーゼこそが、宇宙の進化に作用する原動力なのではないかと。ゆえに、秩序の勢力が善であるとも、混沌の勢力が悪であるともいえない。どんなものごとにも両方が関わっている。われわれの使命は混沌の勢力がはびこらないようにすることだが、混沌の勢力の側に立てば、われわれに分《ぶん》をわきまえさせるのがおのれの任務と心得ているだろう。

秩序の勢力が用いる手段としてもっとも重要なのが、宇宙のモラルコードだ。このなかには、われわれが混沌の勢力に対抗するうえで有用な情報がふくまれる。現宇宙があるのはビッグバンのおかげだが、モラルコードはそのビッグバン直後に生まれたエネルギーと物質からできている。これがあれば、ネガティヴ勢力の行動を制限することができるのだ。

生物学における遺伝子コードと同じく、モラルコードも二重らせんのかたちをしている。きみはさっき高分子に言及したな。高分子とは分子量が大きい分子のことだが、モラルコードの場合、〝大きい〟という語はまたちがった意味を帯びてくる。モラルコードの二重らせんは宇宙全体にわたるものなのだ。従来の換算法でその長さをはかることはできない。つまり、無限大ということ。

生物学的な遺伝子の個々の情報は、膨大なエネルギー量を持つプシオン・フィールドだ。こうしたプシオン・フィールドの情報は、膨大なエネルギー量を持つプシオン・フィールドだ。こうしたプシオン・フィールドがモラルコードの二重らせんに沿って、まさに無限にならんでいる。

各フィールドにひとつずつ、われわれが呼びだせるような示唆がふくまれており、混沌の勢力に対抗するさいにそれが役だつ。遺伝子コードと同じく、モラルコードもまた突然変異を起こしやすい。自然発生的な変異もあれば、外的要因によるものもある。当然ながら、混沌の勢力はつねにモラルコードの突然変異を誘発しようと狙っている。そうなれば秩序の勢力にとっては混乱必至だ。プシオン・フィールドの情報が改竄されるわけだから。

混沌の勢力による変異の誘発からモラルコードを守るのが、コスモクラートの役目なのだ。

ティリクはそこで間をおいた。だが、やはりオルドバンはひと言も発しない。とてつもない興奮にとらわれていたのだ。いまコスモクラートがひろげてみせた絵によって、これまでその存在すら知らなかった宇宙の秘密を垣間見たのだから。不思議なのは、懐疑主義が習い性となっていた自分に、ティリクの話を疑う気がこれっぽっちもないことだった。

「目の前に思い浮かべてみるがいい」ティリクがもとめた。「モラルコードの二重らせんに沿ってならんだプシオン・フィールドの総体を、われわれ、無限の守護者《アルマダ》と呼んでいる。まさしくその名のとおり、二重らせんは自身のなかにもどるので、はじまりも終わりもなく無限だ。この無限のアルマダを監視する任務を、コスモクラートがみずから引きうけることはない。法により禁じられているから。その意味するところはきみには理解しがたいだろうが、こうした場合、宇宙の利害に直接介入してはならないとされているのだ。コスモクラートはこの宇宙の住民に使命をあたえることで、秩序の勢力の仕事をはたしている」

オルドバンは畏怖の念で身震いした。次になにをいわれるか、予感したのだ。

「わたしがなにをいいたいか、もうわかったようだな?」ティリクは笑った。「ベハイニーン銀河の近傍に一カ所、四次元連続体の時空構造がほころびている部分がある。そこにいま話したプシオン・フィールドのひとつが存在するのだが、だれもこれを監視していない。もしそのポイントを混沌の勢力に突きとめられたら、襲われ、突然変異が起きてしまう。それは避けねばならない。自然発生的な変異についてもしかり。というわけで、いまからわたしがあたえる使命は次のとおりだ……きみならよろこんで受けてくれるものと思うが。宇宙船を集めて一艦隊を編制し、このプシオン・フィールドを監視してもらいたい」

コスモクラートは沈黙した。オルドバンの思いは千々に乱れ、まるで酩酊《めいてい》したようになる。艦隊を編制し、モラルコードの情報ユニットを監視する！　秩序の勢力の手助けをする！　宇宙の守りに、自分も加担するのだ！

「返事を聞かせてくれ、オルドバン」ティリクがそういったときも、その声はほとんどかれの耳に入らなかった。やがて、言葉をほとばしらせる。

「ほかの返事などあるわけがない！　イエス、イエス、もう一度いう、イエスだ！　その使命を満足にはたせると、あなたに信じてまかせてもらえるのなら……わたしが自分でおのれの能力を疑ういわれはないだろう？」

「きみには自信をいだく正当な理由がある」と、ティリク。「わたしが過去一万五千年のあいだ、もっとも有能な戦略家を探してきたのは、理由あってのこと。たとえこのむなしい巨大モニュメントに住んでいなかったとしても、きみを選んだだろう」

「わたしのことを知っていたのか？」オルドバンは驚く。

「ずいぶん長く。わたしのもとにはあれこれ情報が入ってくるのでね。それによると、きみは……そうだな、非常に卓越した男だという話だった」

「あなたがたは、なんという力を持つのか！」

「われわれ、力で傑出した存在になるつもりはない」コスモクラートの言葉には、哲学的な深慮のようなものがうかがえた。「われわれが追求するのは、洞察……宇宙のみわざを認識することだ」

それから、またすぐに現実的な口調になり、

「きみの使命はかんたんなものではないぞ」と、警告する。「プシオン・フィールドを守る目的できみに編制してもらうのは、とてつもない規模の艦隊だ……ただひとつの文明に属する艦船ではカバーできないほど、はるかにスケールの大きなもの。監視役を滞りなくはたすためには、さまざまな種族からなる部隊が数十万、いや、数百万は必要になるだろう」

オルドバンの驚きはとまらない。それほど大規模な艦隊が銀河内空間に出現するさまを思い浮かべようとするが、想像力がついていかなかった。従来の基準に慣れた理性にとっては、理解しがたい図だ。

「監視艦隊を編制するには数千年かかるだろう」ティリクがつづけた。「われわれも助力するが、大部分の作業はきみがになうことになる。まずは、艦隊に必要な機動性と破壊力をそなえさせる技術が必要だ。それは、各種族が持つ固有の技術にもすんなり適応できるもの。この技術をきみにあたえよう。製造所のひな型を提供するので、それを参考に工廠《こうしょう》を建造するといい。われわれもできるところは援助する。だが、先にいったとおり、作業の大半はきみに引きうけてもらう」

「よろこんでお受けする！」オルドバンはおごそかに宣言した。

「では、もう行かねば」と、ティリク。「じきに最初の輸送部隊が到着するだろう」

「待ってくれ！　問題のプシオン・フィールドのポジションがわからない。どこへ向かえばいいのか？」

「必要な情報はきみの中央コンピュータ・システムに入っている。プシオン・フィールドの固有名を検索ワードにして呼びだすといい。〝トリイクル9〟だ」

オルドバンには訊きたいことがまだ山ほどあった。だがコスモクラートは、最後のひと言を口にしたとたん、姿を消した。

＊

ティリクがいなくなると、オルドバンを呪縛していた魔法のような作用もたちまち消え失せた。老勇士はいつもの性分をとりもどし、自分をののしった。どこの馬の骨ともわからぬ異人の大仰なたわごとにあれほど興奮するとは、なんとおろかな。無聊《ぶりょう》をかこっていたせいで、とうとう例のえたいの知れない宗教に迷いこんでしまったか？　ずいぶんな大口をたたいたものだ。秩序の勢力、混沌の勢力、モラルコード、無限のアルマダ……

ついにオルドバンは、なにもかも幻覚だったのかもしれないとさえ思いはじめた。おそらく瞑想にふけりすぎたのだろう、と。ところが、サドレーユにこの経験について話してみると、瘤男は笑うどころか、じっと考えこんだ。

「その相手は一二五世紀ごろの服を着ていたのですね？　すべてあなたの思いこみという可能性はひとまずおくとして、当時の流行がどのようなものだったか、いまでも知っている者がはたしてどこにいるでしょう？」

「それは……つまり……」オルドバンは当惑してつっかえながら、「あの異人がほんものだったといいたいのか？」

「ええ、そうかもしれません」と、サドレーユ。

これをかんたんに確認する方法がひとつある。オルドバンは星々のホールから中央コンピュータ・システムに接続してみた。

「検索ワード、トリイクル9」と、指定する。「関連データをすべて転送せよ」

オルドバンは確信していた。きっと〝検索ワードが見つかりません〟という回答が出るはず……あるいは〝あなたの記憶ちがいでしょう〟といってくるだろう。このマシンは近ごろ人間臭くふるまうようになってきたから。実際、このときもコンピュータはそういう態度を見せた。ただし、内容はまったく予想外のものだった。

「一度にぜんぶですか？」と、訊いてきたのだ。「山ほどあります。あなたの脳みそは追いつかないでしょう」

「トリイクル9とやらを本当に知っているのか？」オルドバンはあっけにとられた。

「あなたが半年かかっても消化しきれないくらい、たくさん知っています」というのが、コンピュータの返事だった。

その翌日、最終的に老勇士の疑念は吹っ飛ぶことになる。かつてこの宙域で一度も見たことのないような宇宙船の群れが飛来してきて、ローランドレに着陸したのだ。乗っているのは、独特の外観を持つロボットだった。ボディは高さのないシリンダー形で、同じくひらべったい円錐形のパーツが上下にそれぞれついている。触手のように柔軟な把握アームは数メートルの長さにのばしたり、完全に引っこめたりできる。ロボットたちはローランドレの勝手を知っているらしく、まるで数千年もここに住んでいるかのように行動し、ものすごいスピードで積み荷をおろしはじめた。未知技術の産物が巨大モニュメントの倉庫に運びこまれていく。荷おろし作業は二日後に終了したが、オルドバンが驚いたことに、異宇宙船は乗員なしでスタートした。奇妙なロボットたちはそのままローランドレにのこったのだ。そのうちの一体がしばらくして星々のホールにあらわれ、きっぱり告げた。

「偉大なるオルドバン、わたしはあなたの従者です。新しい技術の使い方をお教えしましょう」

＊

これでオルドバンはついに、ティリクと会ったのは夢ではなかったと知ったのだ。

それからの数ヵ月は飛ぶように過ぎた。オルドバンはホルテヴォンと名づけたロボットから教わり、異技術への理解を深めた。どんなに複雑な関連事項でもホルテヴォンが説明すれば、ある程度の明敏な悟性を持つ者ならすぐさま理解できる。多くの〝授業〟にともに参加したサドレーユもその恩恵にあずかった。オルドバンはひそかに、ホルテヴォンはヒュプノ暗示能力を持つのではないかと疑っていたが、それで新技術を速く学ぶことができるのならば、べつにかまわない。

かれはこの新技術に〝グーン〟という名前をつけることにした。これは女公爵マルカトゥの時代に……つまり、マルカトゥ暦がはじまったころ……使われていた古サドレイカル語で〝能力〟あるいは〝主導的〟を意味する言葉だ。ぴったりのタイトルだと思えた。これまでに奔放な想像力を働かせて描きだしたことをすべて凌駕《りょうが》するような、卓越した技術なのだから。グーン技術はエネルギーを消費しない。エネルギー的に上位にある連続体から、作動に必要なぶんだけを継続的に吸引するのだ。エネルギー豊富な空間からの吸引じたいはサドレイカルでもなじみのやり方だったが、それは非常に大がかりなシステムで、まずたいへんな思いをして設置しなければ実際に吸引をはじめることはできない。そのため、システムを作動させるたび大量のエネルギーを流出させては、またそれを苦労して保管する作業が必要だった。継続的な吸引を実現させることは、サドレイカルの技術ではできなかったのだ。

オルドバンが思うに、グーン技術による駆動システムもまた比類なきものであった。それは大きさもさまざまなさいころ形もしくは直方体の構造物で、どんな乗り物にも装着でき、完璧な超光速エンジンとして使える。老勇士はこれをグーン・ブロックと呼び、さっそくローランドレそのものに充分な数を装着させる指示を出した。

高性能のプシオン送信機を設置することも、ホルテヴォンの任務のひとつらしかった。ロボットによれば、物質の泉の彼岸から間接的に命じられたのだという。送信機がなんの役にたつのかというオルドバンの質問に対し、ロボットはやや尊大な調子でこう答えた。

「指定されたような巨大艦隊を構成する部隊を、まさか金と甘い言葉だけで駆り集められると思っているのではないでしょうね？」

マルカトゥ暦二〇一八九年のはじめ、ローランドレが移動を開始する。グーン・エンジンはすでに前々から中央コンピュータ・システムとの接続を完了していた。巨大モニュメントはベハイニーンをふくむ三千の銀河を擁する銀河団からまっすぐはなれ、銀河間の虚無空間へと進むコースをとった。オルドバンは細心の注意をはらい、コンピュータの操縦命令とグーン・ブロックの反応をひとつずつ追っていく。当時これほどのエンジン・システムがあれば、何千年も前にノル・ガマナー帝国が計画した銀河間遠征などまさしく児戯に等しかっただろうと思うと、せつない気分になった。

目的地のトリイクル９……というより、トリイクル９がその奥にかくれている時空構造のほころび部分……は、二百八十万光年の彼方だ。ローランドレがその距離をこなすのに二十日かかる。このあいだにホルテヴォンは、星々のホールからほど近い場所に司令センターを設置し、そこから自分や代行者が巨大星間飛行物体を操縦できるようにした。オルドバンはこの司令センターとプシ・フィールド・ラインでつながっている。ローランドレが超光速段階を終えて通常空間に復帰すると、かれはその光景に驚き圧倒された。どこまでも絶対的な虚無がひろがっている。漆黒の闇のなか、はるか遠い数千の銀河が染みのように見えるだけ。そのなかにひときわ大きな光点がひとつある。ベハイニーン銀河だ。

トリイクル９に近づいたかどうかは、従来の探知システムではわからない。だが、五次元ベースで作動するグーン技術の特殊装置が強力なプシオン性散乱インパルスの発信源をとらえた。ゴールに到達したという充分な証拠になる。ノル・ガマナー帝国の栄誉を体現した巨大モニュメントは、ここに居を定めた。ノル・ガマナーじたいはやがて宇宙から忘れられてしまうだろうが、ローランドレは永遠に存在しつづけるのだ。

ここでホルテヴォンは、この巨大構造物の改造計画にとりくむことにした。ローランドレの記念碑としての役割はすでに終わっている。ブースや展示物やシミュレーション装置はすべて撤去し、製造所や制御センターや居住地区につくりかえるべきだろう。オルドバンもこの提案を躊躇《ちゅうちょ》なく受け入れた。ただ、ホルテヴォンの次の説明には面食らった。居住地区にはそれぞれ、諸種族なじみの生活様式に合った人工風景を展開させるというのだ。

「どんな種族がいるのかね？」と、驚いてたずねる。

「まだわかりません」ホルテヴォンの答えだ。「将来的に、ローランドレには出自の異なる種族が数えきれないほど住むことになるでしょう。かれらには、われわれと協力してあなたという存在を守る任務が割りあてられます。かれらがここにやってきたらすぐ、その性質を把握して、望みの居住地を用意するつもりです」

さらには進入路も大々的に建設された。ローランドレの機能は数千におよぶが、そのひとつは中央宇宙港ということになるだろう。監視艦隊の設立後は、それを構成する種族の宇宙船を、オルドバンの命令によって滞りなく離発着させなくてはならない。というわけで、中空の巨大空間をつくることになった。艦隊を完全にコントロールするには、惑星並みの大きさを持つ制御ユニットが必要になるからだ。

こうしたプロジェクトの規模にもオルドバンは驚嘆したが、それが信じられないスピードでかたちになっていくのを見て、まさに舌を巻いた。数週間後にはホルテヴォンによって最初の製造所が完成し、毎日ロボット数千体を建造しはじめる。そのほとんどはホルテヴォンと同タイプで、ずんぐりしたシリンダーの上下に高さのない円錐がくっついたかたち。オルドバンはそれらを〝作業工〟と呼ぶことにした。どんな仕事もほぼこなせる多目的マシンだ。統括者はホルテヴォンだが、そのホルテヴォンはオルドバンに絶対服従の立場なので命令系統の混乱は起こらない。そのほか、ある決まった目的のみに使用される特殊ロボットも建造された。それぞれ異なる形状で、ときに奇怪な姿のマシンもある。こうした特殊マシンのかたちと使用目的をおぼえるだけでも、オルドバンにはひと苦労だった。

ロボットたちは即座に仕事にかかった。オルドバンがホルテヴォンに指示した作業を、グーン技術の助けを借りてあっという間にかたづけていく。数カ月もたつと、ローランドレ内部に巨大モニュメントだったころのなごりをしめすものは皆無となった。

そのあいだもずっとプシオン送信機は休みなく作動し、かすかではあるが抵抗できない暗示放射が、数百万光年はなれた宇宙空間のすみずみにまでいきわたった。この放射にとらえられた者はみな、トリイクル9監視艦隊をつくるためオルドバンに身を捧げたいという、おさえがたい願望をいだくようになるのだ。

呼びかけに対する最初の反応があったとき、星々のホールは大きな興奮につつまれた。大きさの異なる二ユニットからなる巨大飛行物体がローランドレに近づいてくる。この奇妙な宇宙船の女指揮官は、フ＝ドゥルナデという名だった。彼女はスコプ種族の手で〝つくられた〟存在であり、創造者から任ぜられた原母の役割に倦んでいた。飛行物体の二ユニットは、ちいさいほうをデータ収集機、大きいほうを〝水族館〟という。そのなかでフ＝ドゥルナデは唯一のスコプで、あとの乗員は……彼女は〝子供たち〟と呼んでいる……ヴォーチェ人という種族だ。だが、そんなことよりオルドバンがもっとも重要視したのは、フ＝ドゥルナデが不死者となる可能性を持つ点であった。自然の有機物から構成されているとはいえ、スコプ種族の遺伝要素を守る目的で人工的に培養されたのだから。

「歓迎の意を表する。きみはこちらの呼びかけを聞き、それにしたがった」トランスレーターがスコプの言語を分析・記録したあと、オルドバンはフ＝ドゥルナデにおごそかに語りかけた。「きみは監視艦隊に所属する最初の協力者となる。あとに数十億の同志がつづくことになるが、最初に呼びかけに応えたきみには、このオルドバンに次ぐ地位が永久にあたえられよう」

＊

それから数年、数十年、数百年が過ぎて、ローランドレ近傍は異種族の艦船でにぎわいはじめた。このあいだにプシオン送信機が増量され、いまではベハイニーン銀河がある銀河団に属する数千の島宇宙にまで、なんなく暗示放射がとどくようになっていた。最初にやってきたのは銀河間を航行する遠征隊で、プシオン放射の暗示にかかり、途中で当初の任務を忘れて監視艦隊に参加することになった。他文明の種族がかつてのサドレイカルとまったくちがうやり方で銀河間航行問題を解決していると知り、オルドバンは驚いたもの。呼びかけに応じるのが単独の宇宙船ということはなく、いずれも数百隻、数千隻、ときに数十万隻の艦船を擁する部隊ばかりだった。

どの遠征隊も異なる種族に属していたため、それぞれ固有の文化や習慣があり、別々の言語を話した。そのうちにホルテヴォンは、艦隊のどこでも通用するリンガ・フランカ……全員が理解でき、やがて母語となるべき言語……を開発した。〝艦隊スラング〟と名づけられたこの言語は習得が容易で、なにより融通がきいた。

呼びかけに応じた者たちのなかで最初の百種族を、オルドバンは〝門閥〟と呼ぶことにし、フ＝ドゥルナデの支配下においた。これ以後、フ＝ドゥルナデは〝門閥の母〟と名乗るようになる。この女スコプと同様、門閥種族も監視艦隊のなかで特別な役割をはたしていくことになるのだ。

やがてプシオン放射は、恒星間航行技術を獲得した文明種族の故郷惑星および植民惑星にも到達。かれらはオルドバンのメッセージにふくまれた暗示力により、混沌の勢力からトリイクル9を守るという栄誉ある使命をはたすため、巨大艦隊を編制して銀河間の虚空へと送りだした。あらゆる宙域から十万隻を超える部隊が集結した。みな進んでオルドバンの命令にしたがい、熱心に艦隊スラングを学び、進歩を遂げたグーン技術の恩恵にあずかった。

　肉体ある存在だったとき、オルドバンはベハイニーン銀河のあらゆる宙域を訪れ、数百の種族と知り合ったもの。だから、気まぐれな自然がときに規則を破ることも、どれほど想像力があっても思い描けないほど多様な生命形態が存在することも、よくわかっているつもりだった。自分は賢明かつ頭脳明晰だから、どんな生命体を見ても驚かされないと考えていた。

　なんという思いあがりだったか！　毎年あらたな宇宙船部隊が続々と到着するたびに、それら種族の異様な姿かたち、未知のメタボリズム、常軌を逸したメンタリティや論理構造を目《ま》のあたりにし、かれは驚愕の思いで立ちつくすことになった。いままで生命の多様性について熟知していると思いこんでいたなら、それはとほうもなく巨大で複雑な天地創造という織物の網目をほんのわずかのぞいただけのことだったのだ。こうしたことについて思いをめぐらすたび、オルドバンは創造主に対する深い畏敬の念につつまれるのだった。

　ティリクの予言はしだいに実現しはじめ、トリイクル9監視のために派遣団を送ってくる種族は数十万に達した。むろん時間のかかるプロセスではあったが、マルカトゥ暦三一〇〇〇年には二十五万六千四百三十を数えるまでになる。オルドバンはそれぞれの種族を〝艦隊ユニット〟と呼んだ。艦船の数は五億千三百万隻。これだけの規模になると、種族の多様性は維持できない。遺伝ファクターが一致する種族も多いので、時の経過とともに交配が進むものと思われた。あまり多様多彩なのもトラブルのもとだ。作業工の計算では、最終的に六万から八万の個別部隊におちつくだろうとのこと。これは外挿法による推測だったが、のちに驚くほど正確な計算結果だったことが判明した。

艦隊の規模が拡大していくにつれ、それまでローランドレ内でおこなっていた作業を外へとうつすことになった。まずは製造部門だ。ホルテヴォンの立案で、宇宙空間に巨大設備が建造された。中央には〝制御球〟と呼ばれる統括部があり、核融合によって原料を生成するための反応炉が設置される。制御球は直径六千メートルで、外周の直径が二十キロメートルあるリングにとりまかれていた。リングの断面は八千メートル×四千メートルの長方形で、これが本来の製造工場になる。ここで制御球から供給される原材料を用いて、作業工や特殊ロボットやグーン・ブロックといったグーン技術に特有の品々をつくるのだ。作業工たちの監視のもと、製造プロセスは高度に自動化されている。

この製造工場を、ホルテヴォンは簡潔に〝工廠〟と呼んだ。そのかれにオルドバンは敬意を表して、最初に操業開始する工廠にホルテヴォンの名前をつけることにした。

水素は艦隊が集合した銀河内宙域のどこででも手に入るが、これを核融合させるだけが原料獲得の手段ではない。監視艦隊にはきわめて効率的なリサイクル・システムがあった。宇宙空間の数千カ所に強いエネルギーを帯びた重力フィールドがあり、艦船から出た廃棄物は、いずれこのフィールドに引きよせられて集まる。このごみ集積所をホルテヴォンは〝エネルギー圃場《ほじょう》〟と呼んだ。管理するのは作業工たちで、廃棄物がある程度たまったら、宇宙空間を漂うグーン・ブロックをいくつか呼びだし、そこに積みこんで再利用施設に運ぶ。このことから、自律して動くタイプの……つまり飛行物体のエンジンとして使われていない……グーン・ブロックは、しだいに〝牽引機〟と呼ばれるようになった。

監視艦隊の栄養摂取はもっぱら人工物による。食糧を生産する分子合成センターが非常にたくさんあって、艦隊を構成する多様な種族は、そのなかから自分たちの代謝に合う食べ物を選ぶのだ。どのセンターもそれぞれ独自の得意先に向けてプログラミングされていた。

ホルテヴォンは拡大していく艦隊を見て、ローランドレにはさらなる防衛が必要だとオルドバンに進言した。たしかにプシオン送信機の呼び声は、艦船乗員たちの意識下に後ヒュプノ作用をおよぼし、それは各種族で世代を超えて受け継がれるほど強力なものだ。また、艦隊は未来永劫トリイクル9を守り、オルドバンに忠誠を誓うものだという確信も、ある程度は持てなくもない。だがそれでも、予想外の展開が起きる可能性は捨てきれなかった。ローランドレは非常に貴重なもの。いかなるリスクも排除しなくてはならない。

追加の防御処置をほどこしたとしても、艦隊から隔離されるわけではない……そうホルテヴォンに説得され、オルドバンはしぶしぶ承知した。ホルテヴォンは助っ人の大部隊とともにグーン技術による巨大マシンを使って、ごくせまい宙域に時空構造の褶曲《しゅうきょく》をこしらえ、その奥にローランドレがかくれるようにした。この褶曲を通れるのはオルドバンに呼ばれた者だけ。褶曲のなかには検問所が四つあり、訪れる者はそこを順にめざすことになる。襞《ひだ》のある空間は特殊な微小宇宙だ。

検問所をすべて通過したら、次は〝前庭〟が待っている。ここは門閥の百種族と門閥の母フ＝ドゥルナデの居所で、そのひろさは千立方光年を超える。前庭の先にあるのは光領域だ。どこまでもひろがる強い明るさに満ちた宙域で、その中央に本来のローランドレが存在する。オルドバンとの面会をもとめる者、オルドバンの招聘《しょうへい》を受けた者、どちらもまず褶曲内の四つの検問所をすべて通過して資格審査を受けなくてはならない。それから前庭に入り、よからぬ魂胆を持っていないか確認しようとする門閥種族をひとつふたつ相手にしてのち、光領域に到達することになる。ここではハイパーエネルギー性の異常現象が起きるため、従来の方向探知や遠距離通信は不可能。訪問者はローランドレをとりまく多数の標識灯をたよりに、進入路を見つけだすしかない。

しかし、外宇宙への帰り道はさほどたいへんではなかった。オルドバンが星々のホールから褶曲に構造亀裂をつくるからだ。この構造亀裂は内側の境界から直接、訪問者に割りあてられた脱出路へつながる。つまり、光領域を通る必要はない。訪問者にとっては、ローランドレからいきなり通常宇宙に復帰したように感じられるだろう。

褶曲内の四つの検問所は〝ローランドレの関門〟と呼ばれる。ここの見張り役にオルドバンは、驚くべき能力を持つ独特な生命体を選んだ。名をクメキルという。プシオン送信機の呼び声に応じた一種族の、ただひとりの代表だった。エネルギー外被がいくつか集まってできている小型船であらわれ、かれ自身も純粋エネルギーの産物だ。疑似物質のかたちをとることが可能で、どんな外見の姿にもなれるし、想像の生物を投影することもできる。この疑似物質化プロセスに見本は必要ない。だがなによりすごいのは、投影した生物のコピイを好きな数だけ増やしたうえ、それぞれを自律的に動かせること。

〝ローランドレの門番〟として名を馳せたクメキルは実際、比類なき存在なのだ。

こうしてすべてが計画どおり進んだ。ローランドレの守りは盤石《ばんじゃく》、艦隊は成長していく。トリイクル9のプシオン性散乱インパルスにも、なんら変化はうかがえない。混沌の勢力はトリイクル9の存在にまったく気づいていないようだ。オルドバンの意識に失望の予感が兆した。監視艦隊ができあがったなら、自分はまた、かつて巨大銀河ベハイニーンのハロー部にいたときと同じつまらなさを味わうことになるのだろうか、と。

*

マルカトゥ暦三六五一二年のある日、ホルテヴォンが星々のホールにやってきて報告した。

「艦隊の構築が完了したようです」

「なぜわかったのだ？」

「プシオン送信機がひとりでに作動停止したので」と、ロボット。「それが完了のしるしだから待つようにと、ティリクがいっていました」

「ティリクはどこにいる？　ここへわれらの成果を見にくるだろうか？」

「コスモクラートの考えはだれにもわかりません」ホルテヴォンは答えた。「ただ、われわれがティリクにふたたびまみえることはないかと。監視艦隊についていえば、かれがここまで見にくる必要はありません。ほかにいくらでも手段がありますし」

オルドバンはしばし考えこみ、

「わかった。これからなにをすればいい？」

「今後も最大限の警戒態勢を。さいわい、混沌の勢力にはまだ動きがないですが、いつなにが起きるかわかりません。警告抜きで攻撃するのが相手のやり方です。だれもトリイクル9に損害をあたえられないよう、つねに準備していなくては」

「ふむ」と、老勇士。「あまりわくわくする話ではないな」

ホルテヴォンはそれには答えない。

「監視艦隊の規模はどれくらいだ？」オルドバンはそうたずねた。コンピュータに照会することもできるが、ホルテヴォンとの対話を楽しみたかったのだ。数千年がたつあいだにこのロボットは、豊富な知識を持つ知的な会話相手となっていた。

「五十万を超える種族がいますが、生物的に適合する相手との交配が進めば数は減っていくでしょう。各種族が平均で二千隻の艦船を所有するので、艦隊での総数は十億隻といったところ。散らばると三十二×十一×四光年の空間を占めることになり、これでトリイクル9を全方向からかこいこみます」

「グーン技術品の装備は完了したか？」

「はい。工廠も操業を開始しましたし、艦隊スラングは全艦船の乗員が習得ずみです。音声によるコミュニケーションが存在しない種族には、艦隊スラングによる意思疎通が可能となる特殊機器を配布しました」

「では、すべて完璧というわけだな」この言葉にはいささか皮肉がこめられていたが、ロボットには通じなかった。

その後、オルドバンはマルカトゥ暦三七〇〇二年にふたたび興奮を味わうことになる。サドレーユが連絡してきたのだ。よろこび勇んだ気持ちをおさえきれないように、

「やりました！」と、叫んだ。

最初、オルドバンにはなんのことかわからなかった。何千年もたつあいだに、この親

友がとりくんでいる実験のことをすっかり忘れていたから。やがて、サドレーユがずっと人工生物の育成に専念していたことを思いだし、おそるおそる切りだした。

「と、いうことは……」

「ついに〝銀色人〟の成体が完成したのです!」サドレーユが熱狂的に声を張りあげた。

「生きていたときのあなたと同じくらいの大きさで、ものごとを理解したり、しゃべったり、考えたり、学んだり……知性を持っています!」

あまりに衝撃が大きすぎて、オルドバンはしばらく口がきけなかった。いまはホルテヴォンがいるので退屈しのぎの相手はもう必要ないとはいえ、人工知性体の創生はあらゆる応用研究の頂点に位置するもの。秘密めかすのが好きな自然という力に対して、サドレイカル人の才能が勝利したように、かれには感じられたのだ。

「ここに連れてきてくれ」おさえきれない感情の波がしずまったところで、オルドバンはいった。

数分たつと巨大な門が開いて、サドレーユが浮遊してきた。といっても、ぼんやりした光現象が発育不全の小人のような姿をわずかにうつしだしているだけだが。そのうしろから、鈍い銀色の肌をした背の高い生物が入ってきた。裸のからだには体毛がまったく見られず、性差をしめす器官もない。数千年の研究と進歩のたまものであるこの〝完成品〟も、やはりふたつ目という欠陥を持っていた。オルドバンはすこし胸が痛んだものの、それでよろこびが損なわれることはなかった。

「おまえはわが息子だ」と、銀色人に話しかけ、「パルウォンドフという名をあたえよう。もっと近くへ」

「わたしはあなたの息子」人工生命体は従順に答えた。「わたしの名はパルウォンドフ」それからすこし間をおいて、「どういう意味ですか？」

オルドバンは快哉《かいさい》を叫んだ。かれには知識欲があり、考えることができる！　銀色人とのやりとりは艦隊スラングでおこなわれた。もう長いこと、サドレーユと話すとき以外は型どおりこの言語を使っていたから。

「パルウォンドフは栄えある名だ。サドレイカル語で〝成就の至福〟という意味を持つ」

「誇り高き名前です」と、パルウォンドフ。

「サドレーユ、わたしは非常に満足だ」オルドバンは友にいった。「すばらしい仕事をしたな。こうした生物をもっとつくってほしい。ただし、二百体までだ。われわれで訓練し教育しよう。銀色人は艦隊のなかで重要なポストを占めることになるだろう。生存期間はどれくらいか？」

「見てのとおり、銀色人には生殖機能がないのですが」と、サドレーユ。「その肉体器官はすべて強靭《きょうじん》な合成物質でつくられており、老化しません。可能性としては不死といえます」

「すばらしい！」オルドバンは有頂天《うちょうてん》で叫んだ。「不死の父に不死の息子とは！」

その後しばらくのあいだ、オルドバンはサドレーユの作業を熱心に見守った。銀色人は一度に大量にはつくれない。育成するさいはつねに十全の注意を必要とするから。サドレーユはまる一年かかって五体を完成させた。オルドバンはそのすべてと対面し、かれらに名前をあたえた。そのあいだにパルウォンドフの訓練も終了し、老勇士はかれをホルテヴォン工廠の指揮官に任命した。最初の息子にふさわしい責任あるポストだと思ったのだ。

だが、やがてふたたびオルドバンは現状に倦みはじめた。サドレーユは仕事を完璧にこなしており、ミスはまったく見られない。銀色人は次々に誕生し、もう興奮することもなくなった。

外ではトリイクル9の前域で監視艦隊の存在が確固たるものになっていた。種族間の交配も進み、艦隊ユニットの総数が減っていく一方、一ユニットにおける艦船の数は増えた。混沌の勢力に動きはない。平穏で退屈な時期だったが、ティリクの注文に応えたことにはなる。宇宙のモラルコードたる二重らせんには、なんの害もない。

退屈とはいえ、問題はどこにもなかった。だが、不運はまったく予想せぬ方向から近づいてきた。ある日のこと、オルドバンは探知システムのコンピュータ装置がただならぬ勢いで反応するのに気づいた。調べてみると、巨大な一宇宙船を探知したことが原因と判明。これが監視艦隊のほうへ向かってきたのだ。まもなく、その未知船から通信コンタクトがきた。

相手の第一声を聞いたオルドバンは、はげしいショックに見舞われ、もうすこしで朦《もう》朧《ろう》状態になるところだった。

「こちらはリトトゥ」遠くから聞こえてくるその言葉は、なんとサドレイカル語だったのだ。「サドレイカル共和国、銀河間遠征第四部隊の指揮官です。われわれ、平和目的でやってきました!」

# 4

それからあと起きたことについては、オルドバンの意識が混濁していたとしか説明できない。サドレーユやホルテヴォンやその他の訪問者と対話するさい、冷静かつ理性的に応じてきた老勇士だったが、やはり数千年という孤独の期間は長すぎた。判断力も鈍っていたのだろう。

しかし不思議なのは、本来のプログラミングにしたがってオルドバンの態度をきびしく観察するよう訓練されていたホルテヴォンまでが、まったく疑いをいだかなかったことだ。主人の反応や言動を分析し、すこしでも常軌を逸したようすが見えたら即座に気づくはずなのだが。むろんそこまでいかなくても、オルドバンの意識になにか変化があれば、医療技術手段による検査でただちに調べられる。だがそうした手段は、オルドバンが自分で要求しなければ使えない。老勇士の名声はあまりに偉大で、ロボットにとってさえ、ローランドレの主《あるじ》の威厳は冒せないもの。そのため、だれもオルドバンに検査をすすめることなどできなかった。

なんにせよ、くるべきものがきたということ。不運は知らぬ間に進行していたのだ。

サドレイカルの宇宙船が到着したと知り、オルドバンは狂喜した。いちばん大きな進入路なら船がうまくおさまるので、そこを通ってローランドレ中央部にできるだけ近いところに着陸するよう強くすすめた。リトトゥがいうには、乗員はサドレイカル人の男女二千名ほど。遠征部隊は帰り道を見失って迷いこんだらしい。オルドバンはかれらを星々のホールに呼びよせ、ローランドレでかつて経験したこともない盛大な宴会を開くことにした。

銀河間遠征第四部隊が惑星サドレイカルを出発したのはマルカトゥ暦で一二七世紀。いまは三七一世紀だった。客に敬意を表してテーブルにならべられた極上のごちそうに大よろこびで突進した宙航士たちは、サドレイカル人の三百十二世代だという。サドレイカルでまだすべてが〝ノーマル〟だったころ……オルドバンがそういったのだが……世代交代の期間は五十年だった。二万四千四百年ものあいだ旅をしてきたのなら、三百十二世代よりもっと進んでいるはず。しかし、この矛盾はかんたんに説明できる。銀河間遠征船はエネルギー節約のため、ハイパーエンジンを使うかわりに相対速度で高速航行した。それにより時間収縮効果が生じ、船内時間がサドレイカルやローランドレのそれよりも大幅に遅れていたのだ。遠征船の船内時計はマルカトゥ暦二八二八七年を表示していた。

オルドバンは宙航士たちに好き勝手に語らせた。かれらは服務規程のきびしい船内生活からはじめて解放され、供された飲み物を無礼講とばかりに際限なく楽しんだので、話しはじめても、じきにろれつがまわらなくなる。それでもオルドバンはおおいに上機嫌だった。

老勇士が有頂天になった理由はふたつある。ひとつは、遠征船の乗員たちが数世紀たってもほぼ完璧なサドレイカル語を話していたこと。これなら自分も理解できる。ベハイニーン銀河のノル・ガマナー帝国での最後の数百年は各種の言語が入りまじっておかしなサドレイカル語になっていたが、それとはちがうから。

もうひとつは……かれにとってはこちらのほうが重要だった……乗員たちがまだオルドバンの名前をよくおぼえていたこと。遠征船内に豊富な蔵書があったため、だれもが過去の英雄である総司令官の偉業は聞きおよんでいたし、オルドバンがタルクシール処置されたことも、ローランドレという巨大モニュメントの核モチーフになったことも知っていた。もう長いこと、ここ以外の場所で自分をおぼえている者はいないと思ってきた老勇士は、あらためて元気をとりもどし、感激はとどまるところを知らなかった。

そこに奇妙な効果が生じた。酔っぱらった宙航士たちの話に耳をかたむけ、またかれらに語りかけるうち、オルドバンはどんどん酩酊状態になっていったのだ。どう考えてもアルコールの飲みすぎが原因ではないのだが、しまいには舌が動かなくなったかのごとく、声が不明瞭になった。この奇妙な状態が同胞たちとの感情的結びつきによるものか、かれ自身の意識に異常があったせいなのかはわからない。

それにしても、宴会話は延々とつづいた！　酔客たちの記憶は曖昧《あいまい》だし、語ることの多くは下劣で、どんなアーカイヴ・コンピュータの論理セクターもあえて記憶バンクにのこそうとしないような内容だったが、老勇士にはそれがおもしろかったらしい。ある出来ごとについて、いつの話だったかをめぐって宙航士がいいあらそったり、原因と結果をまわらぬ舌で説明しようとしたりするたび、オルドバンは笑い声をとどろかせた。遠征じたいは成功で、船は目標銀河に指示どおり到達している。そこで数々の冒険をくりひろげたため、乗員たちの語ることはいくらでもあった。だが、オルドバンには話の詳細が頭に入ってこない。陶酔の沼に沈んでいたから。

このような宴会は、艦隊総司令官だったころにも経験したことがなかった。妨害が入ると、かれは無愛想になった。サドレーユがプシ・チャンネル経由であわてて連絡をよこしたときも、そうだった。

「異状が発生しました！　見てください。じきに決断を迫られるかもしれません」

「うるさい！」オルドバンは旧友をどなりつけた。「なにかするんなら、好きにやれ」

それからすぐ、こんどはホルテヴォンが連絡してきた。

「トリイクル9からのインパルスが、いつもとようすがちがうのです。これは危険を意味すると……」

オルドバンはその言葉を途中でさえぎり、

「じゃまするな！」と、怒り狂った。その大声には酔客たちまで驚いたほど。ホルテヴォンには偉大なる司令官の威厳をたもつ義務がある。通信を切ると、もうなにもいってこなくなった。

酔客の最後のひとりが寝てしまったそのとき、悲劇は起こった。だが、トリイクル9という名のプシオン・フィールドの守護者である監視艦隊の最高指揮官オルドバンは、それを知るよしもなかった。

＊

サドレーユは身をこわばらせた。司令センター内の警告ランプが赤に点滅しはじめると同時に、サイレンがうなりをあげる。非常事態だ！

計測機器、記録装置、操縦・制御マシンなどがところせましとならぶ広大なホールにいるのは、六体の作業工だけ。グーン技術は完全自動で機能するため、常駐の監視は不要なのだ。ホール中央には馬蹄《ばてい》形のコンソールがあり、そこに行けばマシン類のタスクに介入することができる。あらたに微調整をおこなったり、データを呼びだしたり、プログラムをはしらせたり、通信をつないだり……ありとあらゆる機能がこのコンソールに統合されていた。

最初のショックを克服すると、サドレーユは行動に出た。マシン・ユニット二基のあいだを浮遊していき、コンソール周囲のなにもおかれていない場所でとまる。そこでホルテヴォンが作業していた。触手状アームの先端にある繊細な把握器官でコンタクト・プレートやセンサー・ポイントに触れ、鋭く命令を発している。

瘤男の光る姿が近づいてきたのに気づくと、

「こちらへ」と、いった。「これを見てください」

サドレーユはコンソールのほうへと漂っていった。トリイクル9の散乱インパルスのことは知っている。とどく間隔は不規則だが、インパルスの形状はつねに一定だ。とこ ろが、ホルテヴォンが浮遊ヴィデオ・スクリーン上に投影した映像はどこかおかしい。ジグザグやピークが支離滅裂にならび、左から右へいくにつれて振幅がちいさくなっている。

「なんだ、これは?」と、サドレーユ。

「おそらくちがうでしょう」作業工は答えた。「混沌の勢力が攻撃してきたのか?」

クル9の変異は内側から生じています」

サドレーユはそれ以上なにもいわず、プシオン性エネルギー・フィールドのネットワークを作動させた。オルドバンに連絡がついたところで、愕然とする。こんな状態の老勇士はこれまで記憶になかった。まるで酔っぱらいだ。肉体を持たない意識が酒に酔うなど、物理的にありえないはずだが。

「異状が発生しました！」と、せっぱつまって報告する。「見てください。じきに決断を迫られるかもしれません」

驚いたことに、自制を失ったオルドバンは乱暴にいいはなった。

「うるさい！　なにかするんなら、好きにやれ」

サドレーユはもう二度と連絡しなかった。また邪険にどなりつけられるのはごめんだ。ホルテヴォンのほうを向き、こういう。

「わたしの言葉を聞こうともしない。かわってためしてくれ」

こんどはホルテヴォンが通信してみた。星々のホールにつながったとたん、野卑な大騒ぎの声が受信装置から響いてくる。

「トリイクル９からのインパルスが、いつもとようすがちがうのです」作業工は向こうの喧噪《けんそう》に負けじと声を張りあげた。「これは危険を意味すると……」

「じゃまするな！」オルドバンの大声に床が振動する。

その返事を聞いて、ホルテヴォンは接続を切った。ロボットのシリンダー形ボディの中央にある視覚器官がヴィデオ・スクリーンのほうに向けられる。その視線を追ったサドレーユは、冷たい手につかまれたようにびくりとした。そこにはもうジグザグもピークもない。インパルスをしめす発光ラインは、ゼロの位置にあった。わずかのゆがみもなく、定規で引いたようにまっすぐな線を描いて。

トリイクル9が忽然《こつぜん》と消えてしまったのだ。

＊

その後、かれらはあれこれ議論をかわした。だいじなプシオン・フィールドが消えたのは監視員たちの不注意が原因だろうか。オルドバンがサドレーユの助言にもホルテヴォンの呼びかけにも責任ある対応をしなかったせいなのか。オルドバンの指示がなくとも、ホルテヴォンがなんらかの処置をして突然の変異をとめ、トリイクル9が逃げだすのを食いとめられたのでは……などなど。

納得できる答えは出てこない。それでも、プシオン・フィールドがわずか三分たらずのうちに消失したことはわかった。

ついにサドレーユはことの次第をオルドバンに告げた。信じがたい事実に老勇士は驚愕し、金色の繭のなかから星々のホールを見わたした。まるで戦場だ。泥酔して眠りこんだ千九百人を超える宙航士たち。食べのこした料理がぶちまけられ、なかば空になった酒のグラスがあちこちに転がっている。

浮かれ気分も興奮もさめたオルドバンの意識に、まるで本当に酒を飲んだような鈍い重みがのしかかった。台座の上に漂い進んで報告を終えたサドレーユは、老勇士の混乱を感じとる。偉大なるオルドバンが正気を失ってしまうかもしれない！　瘤男はしばしのあいだ、そんな恐ろしいヴィジョンに全力であらがった。

「ホルテヴォンがシュプールを探しています」と、つけくわえた。不吉な知らせにせめて明るい材料を補足する必要に駆られたのだ。「ゾンデ数千基を出し、時空構造のほころび部分を計測しているところです」

「なにかわかるだろうか？」オルドバンのくぐもった声。

「予断はできませんが、ホルテヴォンはそう期待しています」

「シュプールが見つかったら、どうするのだ？」

「追いかけます。いずれプシオン・フィールドは動きをとめ、通常宇宙にコンタクトしてくるはず」

オルドバンは長いこと沈黙した。その意識に生じたカオスがしだいにおさまってくるのを感じ、サドレーユは安堵する。やがて老勇士は重い口を開くように、こういった。

「わたしはきみにひどいことをいったな、友よ。乱暴な言葉をぶつけてしまった。どうか許してもらいたい」

「いいんです」

「ひとつたのみがある。すこし考える時間がほしいのだ。ホルテヴォンには、あらゆる手段を使ってプシオン・フィールドのシュプールを追うよう伝えてくれ」

　サドレーユが去ると、オルドバンは作業工の一団を呼びよせ、眠りこけている者たちを宇宙船に追い返すことと、星々のホールのかたづけを命じる。ロボットはいつものごとく迅速かつ徹底的に、ふたつの命令をこなした。さらにオルドバンは銀河間遠征船の搭載コンピュータに指示を送り、準備できしだいスタートしてベハイニーンに向かうよう設定。ついさっきまでともに宴会を楽しんだというのに、いまはあの宙航士たちが厭わしかった。トリイクル9が消えたのはかれらのせいではない……そう、責任は自分にある。それでも、かれらがきたことで決断力が鈍ってしまったのだ。もう二度と顔を見たくなかった。

　ティリクのことを考えた。コスモクラートはここでなにが起きたか、とっくに知っているにちがいない。〝きみには自信をいだく正当な理由がある〟と、かれはいったもの。いまそれを聞くと、なんと皮肉に響くことか。わたしは失格だ。定命《じようみよう》の生物の意識にあたえられるはずのもっとも重要な任務を、不当に奪ってしまった。これからどうなるのだろう。信頼に値《あた》いしないことが判明した男に、コスモクラートたちはどのような罰をくだすのか？

　オルドバンは自己批判におぼれていった。正気をなくすかというほど、おのれを責めまくった。それでも、自分が原因となったこの責め苦よりも残酷な罰をコスモクラートが考えつけるとは、ただの一度も思えなかった。

かれはこのつらく苦しい自己批判の日々によって、ついに理性が錯乱してしまい、のちにあれほど常軌を逸した行動に出たのではないかと考えざるをえない。助けをもとめることもできたはずだ。たとえ肉体を持たず意識だけの存在であっても、その混乱をしずめる手段がグーン技術にはあるのだから。しかし、オルドバンはそれをもとめなかった。この苦痛こそが、おのれの受けるべき罰と考えたのだろう。その思考回路にひそんでいるゆがんだ論理ひとつとっても、かれの理性がすでに崩壊寸前だったことがわかるというもの。

ずっと悩みつづけて二日が過ぎたあと、オルドバンはサドレーユとホルテヴォンを呼びよせた。

「シュプールは見つかったか？」感情のこもらない旧友の声を聞いて、サドレーユは心臓をわしづかみにされた気がした。

「いかにも、偉大なるオルドバン」うやうやしく答えたのは作業工だ。「トリイクル9の遠ざかった方向がわかりました」

「よかった。それでこそ、わが計画を実行する意味がある」

「どんな計画です？」サドレーユが急きこんで訊く。

「トリイクル9を追いかけるのだ。無限アルマダ……十億隻の艦船と五千億の知性体を擁する艦隊《アルマダ》とともに。その任務はトリイクル9を発見し、もとのポジションにもどすこと」

サドレーユは驚きのあまり、まともにものが考えられなかった。まして理解可能なメンタル・インパルスなど送れるわけがない。

「偉大なるオルドバン。トリイクル9の遠ざかった方向がわかったとはいいましたが、こんどのポジションにあらわれるか、予測することはできません」

「かまわない」ロボットの言葉にオルドバンは、「探すのだ！」

サドレーユは驚きを克服すると、必死に叫んだ。

「十億隻からなる艦隊で、運を天にまかせて宇宙空間を進むなんて無理です！」

「運を天にまかせて、ではない」オルドバンは頑固にいいはる。「見つかったシュプールを追うのだ。とにかく探す！」

そういうわけで、監視艦隊の全ユニットに命令が伝えられ、スタート準備がはじまったのだ。だれも抵抗しなかった。艦船の指揮官および乗員はみな、偉大なるオルドバンへの服従を誓っていたから。

最後の反論も、オルドバンの精神に混乱の兆しはみじんもないと主張した者たちに封じられた。老勇士は巨大艦隊を〝無限アルマダ〟と呼んだ。それはもともとコスモクラートが、モラルコードの二重らせんに沿ってならんだ、情報をふくむプシオン・フィールドの無限の連なりにつけた名前だったのだが。

＊

未曽有の規模を持つ艦隊が驚くほど短時間で発進準備を完了したのは、グーン技術のたまものだった。この技術を使ったエンジン・システムにより、さまざまな種族が個々に使っていた駆動方式はとっくに排除されている。ホルテヴォンと特殊技術ロボットの一団は数十年にわたる作業を終え、艦隊すべての機動を中央司令センターからコントロールできるシステムを開発していた。

オルドバンはまず、監視艦隊の指揮官および乗員たちに明言した。コスモクラートの依頼はいまも有効であり、かれらには変わらずトリイクル9の安全を守る責務があること。そしてなにより、これまで以上に各部隊の指揮官はオルドバンに絶対服従であること。半日もたたないうちに、これらの命令は……オルドバンがあらためて艦隊全体に発するまでもなく……新しいスローガンとしていきわたった。艦隊が完全に老勇士の支配下にあることを、オルドバンはかれらに知らしめたのだ。

そのあいだにホルテヴォンは、かつてない大遠征が成功する見込みはどれくらいか、およその確率をひそかに概算していた。ただ、これはあくまで推測にもとづくもの。なにしろ五次元性プシオン・フィールドの特徴をまったく知らないのだ。四次元時空構造のほころびから判断できるとはいえ、それもどの程度トリイクル9を忠実になぞっているかわからない模型を使って評価するしかない。そのため、得られたのは正確な数字ではなく、算出結果の最大値と最小値だった。知りたいのは、トリイクル9を探す旅がどれくらいつづくのかということ。換言すると、どれくらいの時間を費《つい》やせば、プシオン・フィールドが見つかる確率が六十三・二パーセント……eすなわちネイピア数のマイナス一乗を一・〇から減じた数字……に達するかだ。

ロボットであるホルテヴォンに、計算結果を見て驚くという性質はそなわっていない。だがそれでも、この結果は危険をはらむものだとわかった。有機生命体の考え方にしたがえば〝意欲をくじく〟恐れがある。そこで、だれにも知らせないと決めた。ただし唯一の例外を認め、サドレーユにだけ計算結果を見せる。

「これはわれわれだけの秘密にしたほうがいい」と、精神存在はつぶやいた。「公表したら暴動が起きるぞ」

ホルテヴォンは了解した。自分の分析結果もサドレーユの判断と同じだったから。

「ひとつだけ、いいことがある」しばらくして瘤男はいった。「ここに書いてある百分の一の時間が経過してもトリイクル9が見つからなかったら、たぶんオルドバンも無意味な計画だったと気づくだろう」

＊

その見立てはまちがっていた。オルドバンはとんでもなく頑固で、消えたプシオン・フィールドを追いつづけるといいはったのだ。かれの気まぐれから、監視艦隊は公式に無限アルマダと呼ばれるようになり、以降はすべてにアルマダの語が冠せられる。艦隊は絶え間なく超光速航行をくりかえしつつ、銀河間の広大な虚無空間を翔破していった。

トリイクル9が銀河間の真空内で動きをとめたならば、ハイパー空間から出た瞬間に高感度計測機器が作動し、即座にとらえるだろう。問題なのは、星々ひしめく島宇宙のどまんなかにいる場合だ。無限アルマダは、ホルテヴォンがプシオン・フィールドの飛行ベクトルとして算出したラインの近傍にあるすべての銀河に向かって飛んでいる。虚無空間なら数百万光年の距離を翔破するのにひと月もかからないが、一銀河の呪縛圏に入ったら数年あるいは数十年、出ることはできない。

結局のところ、そんな銀河内での捜索において避けられないことが起きた。甲殻類種族ヴェティ＝アンのアルマダ第二三八七一部隊が勝手に逃亡したのだ。千五百隻を擁していたが、星々のあいだにもぐりこんでしまい、二度と姿をあらわすことはなかった。オルドバンはこの一件に非常なショックを受けた。そのときはだれも気づかなかったが、やがてみな、老勇士の衝撃の大きさを知ることになる。

かれはホルテヴォンに、必要なだけの助っ人を使って至急、超強力なハイパー送信機を建造しろと命じた。前にオルドバンの呼び声を宇宙全体に送信した装置の後継機だ。かつてはそれにより多くの異種族が自分たちの艦船をトリイクル9の警護のために提供したのだが、この新モデルの機能は異なり、艦隊を構成するアルマダ部隊がひとつでも脱走しそうになったら作動する。逃げだした部隊の指揮官にヒュプノ命令を送り、すぐに引き返してふたたび艦隊にくわわるしかないという気にさせるのだ。この作用をオルドバンは〝強制インパルス〟と呼んだ。今後、二度とアルマダ第二三八七一部隊の轍《てつ》を踏むつもりはなかった。

だが、それでもまだ充分ではない。無限アルマダの構成員のうち、十億ほどはもうその忠誠心を当てにできなくなっていると、はっきり気づいたのだ。より範囲をひろげてきびしく管理しなければならない。そこでオルドバンは完全無欠の監視システムを構築する計画を立てた。これは天才的な計画だったといえよう。当時、かれの精神状態がすでに万全ではなかっただけに。

まず、おのれのメンタル成分のほとんどを提供すると決めた。今回は疑似物質の姿をとることはせず、意識成分の七割をほんものの、かたちある物質に転換したのだ。タルクシールもその後の蘇生も膨大なエネルギーを必要とする処置ではあるが、そこで使われたエネルギーは蘇生した精神存在へと最終的に流れこむ。精神存在の内包するものがおもにハイパーエネルギーであることを考えたなら、この転換作業によって生成される物質が数トンというのは、けっしてありえない量ではない。

それから数十年して、かれはこの〝オルドバン物質〟をさらに増やす任務を、奇妙な姿かたちのアルマダ種族プシュートにあたえた。三十隻を超えるプシュート艦に、転換で生じた物質をほんのすこし搬入する。最初はわずかな量だが、増殖励起放射を浴びせ、培養液にひたして高濃度の養分をあたえつづければ、数百年後には百万倍に増えるだろうとオルドバンは期待していた。こうして得られた物質の一グラムごとに、かれの意識の一部がふくまれる。それらが任意の場所で、信頼できる注意深い見張り役をはたすことになるだろう。このプロジェクトは大成功をおさめ、《マグノ》、《ヴェンドル》、《アルサ》、《シークス》といった名前のプシュート艦が何トンものオルドバン物質を生産するようになる。そこで無限アルマダの最高指揮官は、ただちに計画の次の段階にとりかかった。

広範囲にわたる監視システムの構築というオルドバンのアイデアとはべつに、そのころローランドレではアルマダ種族の定住がはじまっていた。かつてホルテヴォンが説明したとおり、各種族は自分たちの生活様式に合った人工環境に居を定めた。どの種族が定住するかは、それぞれの能力や性質に応じて決められた。なかでも重要なのは、無限アルマダの最高指揮官に対する無条件の服従だ。新住民の居住が進むにつれ、かれらの宇宙船は不要となり、ローランドレ表面の適当な場所に係留・保管された。

定住者のなかでもとりわけオルドバンのお気にいりは、サドレイカル人とよく似たアイト人種族だった。かれらは手先が器用ですぐれた技術を持つ。なにより特筆すべきは、そのままでは原材料に向かないようなものを用いて、ほとんど思いどおりに変形・加工させられること。オルドバンは次の計画で直属の警察組織を設立するつもりだったが、その警察官の育成をアイト人にまかせた。

このアイデアもまた天才的としかいいようがなかった。警察官の思考部分を担当するのはアルマダ作業工のボディすなわちトルソーだ。四肢は必要ないので切断した。各トルソーは一定量のオルドバン物質を内蔵しており、それがポジトロン制御部と結合しているため、ポジトロニクスと有機体のハイブリッドともいえる知性を持つ。警察官の持ち場は無限アルマダ全体、すなわち千五百立方光年にわたるため、機動性が必要になる。そこで、推進システムとして〝帆〟をつけることにした。一辺が十キロメートルの菱形で、大きさはたしかに印象的だが、一見なんのへんてつもない。しかし、それは見せかけだ。この帆は宇宙空間のどこにでもあるハイパーエネルギー流をとらえて、推進エネルギーに変換する。したがって超光速航行が可能だし、通常連続体のなかを光の速さで駆けぬけることもできるのだ。ロボット・トルソーは菱形の一角に固定された。

警察官の組み立て作業はアイト人がおこなった。ローランドレ表面の成分を大きく切りとり、これを加工して帆にするのだ。それからロボット・トルソーにオルドバン物質を投入し、帆に固定する。かれらの高い生産能力のおかげで、数千年後にはりっぱな警察組織が完成。無限アルマダを縦横無尽に行き来し、定期的にローランドレにもどってはオルドバンに経過報告した。帆はコンヴァーターの役目をする一面が金色で、裏はまばゆい白に輝いている。オルドバンは少々のユーモアをこめて、この警察官を〝白いカラス〟と名づけた。

これで警察部隊と、あらたなオルドバン物質をつねに生みだす培養施設は手に入った。計画の掉尾《ちょうび》を飾るのは、〝エオンディク・トゥー〟すなわちアルマダ印章船の建造と、炎の管理者の誕生だ。白いカラスはまちがいなく任務をはたすだろうが、そのパトロールは大枠の範囲にかぎられる。オルドバンはいつしか、個々のレベルでの徹底的な監視システムが必要だと思いこむようになっていた。すべてのアルマディストを管理下におくのだ。一兆を超す数の……無限アルマダの人口は数千年のあいだにかなり増えていた……とてつもない構成員のうち、一名でも危険な考えの持ち主がいたら、すぐに知りたい。この理由から、アルマダ炎を考えついたのだ。

アルマダ炎は顕微鏡サイズの微小なオルドバン物質をふくむ強力なエネルギー・フィールドで、直径八センチメートルの球体。鮮やかなむらさき色に光る球は、アルマディストのからだのいちばん高いところから手の幅ほど上の場所に浮遊し、どこにでもついてくる。

ある程度、数百年の経過期間が過ぎたあとで無限アルマダに所属する各個体にアルマダ炎を授けるというアイデアを、アルマディストたちにさりげなく告げ、納得させなくてはならない。炎を大がかりな監視システムの道具にしようとしていることを、だれにも気づかせてはならない。そのころ、無限アルマダは巨大銀河群に近づいていた。この宙域でいつものごとく徹底的に全銀河を捜索するとなれば、数十万年とどまることになるだろう。そこでオルドバンはこういった。無限アルマダ内に異種族が入りこむかもしれない危険があるが、アルマダ炎があれば、異種族をかんたんに見分けることができる、と。

これ以降、全アルマダ部隊には……交配が進んだ結果、その数は七万五千三百二十一にまで減り、各部隊の所有艦船は平均で一万三千隻になっていた……種族の新生児をアルマダ印章船に連れていき、炎の管理者からアルマダ炎を受けとることが義務づけられた。ちなみに炎の管理者というのはエネルギー生物で、その知性はかなりのところをオルドバン成分から得ている。徹底的な監視システムというアイデアへの服従についても、またしかり。

こうしてアルマダ炎が考えだされ、数百年後にはオルドバン自身も、ついに無限アルマダを各個体レベルにいたるまで完全に支配下においたことを疑わなくなった。

かれはようやく安堵して、ひと息入れることにした。数十万年も前、まだローランドレが空疎なモニュメントだったころそのままにしていた仕事……年代記の執筆にふたたびとりくんだのだ。いまは〝アルマダ年代記〟と呼び、マルカトゥ暦一六〇〇〇年代末以降の出来ごとをできるだけぜんぶ記録している。ときおりコピイをとり、アルマダ作業工を呼んで秘密の場所に保管させていた。

無限アルマダの人口増加に関して、ほかにも気になることがあった。いつか新しい艦船が必要になるかもしれない。アルマダ工廠はサドレーユが人工的に育成した銀色人の百四十七名が運営し、めざましい実績をあげているとはいえ、もっとかんたんなやり方で問題を解決しないと、貴重な資源をこれからますます宇宙船建造に振り向けることになってしまう。それは得策とはいえない。

そこで、睡眠ブイが開発された。すべてのアルマダ部隊が一定数の要員を睡眠ブイに送り、かれらは十年間そこで深層睡眠状態に入る。このあいだに心理面・肉体面の再生をはかるのだ。だがなにより、この処置によって相当数の者が、悪循環めいた繁殖活動をまぬがれることになる。これ以降、アルマディストの総数はつねに一兆二千億ほどでおちついた。

精神状態の混乱のせいか、オルドバンはまたも奇妙なことを考えつく。まず、ピラミッド形の巨大な一宇宙船を建造し、そこにアルマダ年代記の原本を運びこんだ。記録媒体として用いたのは、コンピュータ技術で使われる極性を帯びた分子フィールドなどではなく、ウォムという名の合成生物だ。ウォムのそれぞれに、無限アルマダの歴史における特定の出来ごとをひとつずつ記憶させた。かれらはピラミッド内部の壁に埋めこまれた無数のちいさな直方体容器のなかに入っている。

アルマダ予言者をつくりだしたのも、一時の気まぐれにちがいない。現在を外挿的に理解したうえでありそうな未来を予測する、そんなマシンがほしいとオルドバンは考えたのだ。いつものごとくエネルギーから生物を一体つくりだし、オルドバン成分を付与すると、その生物に居所となる宇宙船を一隻あたえた。見かけはアステロイドで、内部にはあらゆる類いの幻覚を生じさせるしかけがある。しばらくのあいだ、アルマダ予言者はきちんと任務をこなしていたが、あるときから勝手な行動をとるようになった。いまでは消息不明だ。

無限アルマダは未来永劫、宇宙の果てまでプシオン・フィールドひとつを探す旅をつづけていくように見えた。トリイクル9がはたしてふたたび通常宇宙にコンタクトしてくるのか、知る者はだれもいなかったが。

しかし、最初の構想時点ですでに無限アルマダ衰退の芽は兆していたのだ。永遠に変わらずにいられるものなど、なにもない。それなのに、無限アルマダはあまりにも変わらないままだった。グーン技術ははるか昔、アルマダ工廠が最初のグーン・ブロックを製造したときとまったく同じに機能する。言語も固定され、トリイクル9がもとのポジションにあったころと同じ艦隊スラング、すなわちアルマダ共通語を全員がいまも話す。無限アルマダ種族のメンタリティにも哲学にも進歩はない。発展が見られないのだ。無限アルマダは凝《こ》りかたまっていた。

没落への道はすでにしめされたのである。

＊

数百万年がたっても、かれらは相いかわらず消えたプシオン・フィールドのシュプールを追っていた。

このあいだにホルテヴォンが不自然な死を遂げた。あるアルマダ工廠の製造リングを訪れたさい、プレス機の圧縮フィールドに入りこんでしまい、押しつぶされたのだ。ただのロボットとはいえ、平均以上の能力を持つアルマダ作業工だったのだから、オルドバンは嘆いてしかるべきだったろう。ところが、嘆かなかった。かれは頭のなかの幻を追い、サドレーユとも接触しなくなっていた。瘤男のほうは永遠の放浪者みたいに、休みなくローランドレを動きまわっていたが。

また、無限アルマダはこのあいだに二度も異人の襲撃を受け、技術で劣る相手だったのにかなりの損害をこうむった。そこでオルドバンは、トルクロート人を護衛隊に任命する。この種族は九十万隻を擁し、アルマダ部隊のなかでも最強だ。オルドバンはかれらを五万隻ずつの十八グループに分け、このグループを〝ヴェーヴ〟と名づけた。トルクロート人の役割は、無限アルマダ内を逍遥して目標の部隊をひとつ決め、そこに見せかけの攻撃をくわえること。アルマダ部隊の防衛力を強化するのが狙いだ。したがって、トルクロート人には仮借なき行動がもとめられる。ときに限度を超え、オルドバンの狙い以上の傷を相手にあたえることもあった。そんな犠牲者たちがかれらに送った新しい名前が〝アルマダ蛮族〟だ。

ある日のこと、オルドバン物質の増殖がとまっているとプシュート艦《ヴェンドル》から連絡がきた。生成ずみの組織塊は壊死《えし》し、石化してかさぶたのようなクラストになったという。やがてほかの培養艦でも同じことが起きた。オルドバンの実験は立ちゆかなくなったのだ。これ以降、オルドバン物質の補充はなくなり、プシュート艦内はかたまったオルドバン物質にかこまれた陰鬱な密室と化した。まだあちこちに生きた組織がのこっていて、プシュートが必死に世話をしているが、それも変質している。このときから培養艦は艦名ではなく、クラスト・マグノ、クラスト・ヴェンドルなどと呼ばれるようになった。

オルドバンを非難したければするがいい。かれは決断をためらわない男なのだ。そのメンタル成分の三分の一は、このときもまだ星々のホールの台座上に浮かぶ金色の繭のなかにあった。このかたちで無限アルマダを数百万年ひきいてきたのだが、ここからは中央司令センターが存在しなくなる。アルマダ内のいたるところにばらまかれた微細な無数のオルドバン物質が監視役をはたすことになるから。それらはプシ・チャンネル経由で結合していた。だがオルドバンは、この結合体にあらゆる困難を解決する力はないとはっきりわかっていた。

ある日、かれは旧友サドレーユのことを思いだし、星々のホールに呼びよせた。瘤男がきてみると、台座の最下段のところに、サドレイカル人の理想像といってもいいひとりの生命体が立っていた。アスリート体形で、平均的なサドレイカル人よりも頭半分くらい背が高く、一三〇世紀の宙航士が着用していた黒い鎧《よろい》のような衣服を身につけている。大きな真紅のひとつ目は行動意欲に燃えていた。

「わが友サドレーユ、これはわたしの息子だ」オルドバンはいった。「直属の継嗣という意味で、銀色人とはちがう。かれらはここ数千年、父のもとを訪れようともしないからな。この息子はわたしがみずからの成分を使って生みだした。アルマダ炎が見えるだろう？　ほかのどれよりも強く輝いている。これがシンボルだ。わが息子はいっさい記憶を持たない。自分がどこからきたかも、どこにいるかも、無限アルマダの使命も知らない。そうした情報はかれの意識の奥深いところに眠っている。それが活性化されたなら、われわれの歴史についてわたしと同等に知ることになろう。かれの名はローランドレのナコール。わが世継ぎとなるアルマダの王子だ。わたしはナコールを外へ送りだそうと思う。経験を積み、おのれの立場にふさわしい者になる必要があるから。いつかわたしが消え去るとき、ローランドレにもどってくればいい。そのときはかれを支えてやってくれ、忠実な友サドレーユ。そのときこそ、ナコールが後継者となるのだから」

「あなたは不死ではありませんか！」サドレーユは驚いて食いさがった。「だれもあなたの後継者になどなりません」

「自分をごまかすな、友よ」オルドバンはからかうようにいった。「終わりが近づいている。それは同時にわれわれのゴールでもあるのだ」

まだなにか反論しようとするサドレーユをすぐにさえぎり、

「よき友よ、おしゃべりしている時間はない。早くナコールを連れていき、高性能の乗り物をあたえてアルマダのほうへ送りだせ」

サドレーユはいつものごとく、主人の言葉にしたがった。重厚なサドレイカルの門が閉まりはじめたとき、かれの耳にオルドバンのおだやかな声がとどいた。

「達者でな、ジバトゥ」

＊

ナコールは無限アルマダのなかに向かうと、数千年かけて不満分子たちを結集させ、アルマダ反乱軍の指導者にのぼりつめた。やがて銀色人たちがその仇敵《きゅうてき》となる。かれらはトリイクル9の捜索が長びくにつれ、しだいにオルドバンを排除し自分たちが無限アルマダを支配しようと画策しはじめていた。

一方、オルドバンの精神状態はますます悪化していた。自分のせいでプシオン・フィールドが行方不明になったという罪悪感が、ただでさえ消耗していた意識成分をむしばんだのだ。このひどい重圧をとりのぞいて、とにかく生きつづけるためには、ほかのなにかに罪をかぶせるしかない。かれはしだいに、トリイクル9が混沌の勢力に奪われたという話を捏造《ねつぞう》しはじめた。それが無限アルマダ内でまことしやかに語られるようになり、しまいにはオルドバン自身がこの泥棒話を信じこむにいたったのだ。

その後オルドバンは、のこりのメンタル成分を処分することにした。それらは白いカラスを製造するアイト人の保管庫と、アルマダ印章船のなかにある容器へ分配される。アルマディストの新生児にあたえるアルマダ炎は今後も確保しなければならないから。

こうしてばらばらになっても、オルドバンは変わらず無限アルマダを支配し、その命令は全体にいきわたっていた。まるでいまも星々のホールの台座上にある金色の繭にいるようだった。中身を失った繭はすでに消滅していたのだが。

やがて、ほとんどの者が予測していなかったことが起きる。二銀河群のあいだの虚無空間で、消えたプシオン・フィールドがあらわれたらしいと記録されたのだ。もとオルドバンだった無数のメンタル断片は狂喜した。はてしなくつづく旅は徒労に終わらなかったということ。ついに無限アルマダがトリイクル9を発見したのだ！

プシオン・フィールドの存在をしめす時空構造のほころびは、宇宙の瓦礫片からなる巨大リングのまんなかにあった。さらに悪いことに、そこへハイパー空間から未知の船団が出現した。その行動を観察したオルドバンは必然的に、これは数百年前にトリイクル9を奪った勢力にちがいないと結論を出し……かれのなかで例の泥棒話はすっかり事実になっていた……攻撃命令を発した。未知者たちは、不安定な時空のほころびを通って五次元性プシオン・フィールドのなかに墜落することを余儀なくされる。オルドバンはさらに追撃を命令し、これがさしあたり一巻の終わりとなった。広範囲に分散したオルドバン成分の結合力は弱く、このショックに耐えきれなかったのだ。成分はまだ存在するものの、たがいにコンタクトできなくなったということ。

オルドバンは瀕死の状態にあると考えるしかない。その後の話については、あなたがたがそれぞれ体験したとおりだ。

# 現在

語り手はそこで口を閉じた。

聞き手四人の反応はそれぞれ。ジェン・サリクはシートに深くすわったまま目を閉じている。ゲシールはからだをまっすぐにし、ローレンドレのナコールを射るような目で見る。アトランはじっと考えこみ、頭上に浮かぶむらさき色のアルマダ炎は微動だにしない。同じくアルマディストのシンボルである炎をいただいたペリー・ローダンは、語り手を注意深く観察していた。

まずはオルドバンの物語をじっくり反芻《はんすう》する必要がある。この数時間に耳にした膨大な情報のおかげで、これまでよくわからなかった一連の疑問が解明されたとはいえ、なかなか容易に消化できるものではない。ちなみに、三つの究極の謎のうち、ふたつの答えが出たことになった。

〈フロストルービンとはなにか?〉

答えは……モラルコードの二重らせんの一部をなすプシオン・フィールド!

〈無限アルマダはどこにはじまり、どこで終わるか?〉

はじまりも終わりもない。もともとは、プシオン・フィールドのかたちで時空褶曲のなかに埋めこまれたモラルコードなのだから。

そしていま、多くの者は確信しただろう。〈〝法〟はだれが定め、いかなる働きを持つか?〉という第三の謎についても、いつの日か答えがしめされると。

《バジス》の司令室からほど近い場所にあるちいさなキャビンを沈黙が支配していた。いつも船内でくりひろげられている光景は、はるか彼方へと去ってしまったようだ。船内放送あるいは全船団インターカムを通じて、数百万の生命体がアルマダ王子の話に耳をかたむけているのではないか。その多くはまだ話の途中までしか聞いていないはず。光の海の連続体で起きるハイパーエネルギー性障害のせいで従来の超光速通信が当てにならないため、電波通信に切り替えている。銀河系船団を構成する最後の船まで通信内容がとどくには、一時間ほどかかるのだ。

ローダンの思考は、ナコールがサドレイカルの門をくぐって星々のホールに足を踏み入れた時点へともどる。高みから瘤男の光る姿がおりてきて、アルマダ王子に触れたとたんに消えたのだった。その瞬間、どういうしくみかはわからないが、サドレーユの記憶がナコールの意識のなかに流れこんだのだろう。そのときから王子は記憶を完全にとりもどしただけでなく、オルドバンとともに歩んできたサドレーユの知識も所有していた。ローランドレおよび無限アルマダという名の巨大艦隊に関するすべてを知ることになったのである。

ナコールが台座の上にあがっていくと、かつて金色の繭が浮遊していた場所から声が響いてきて、アルマダ王子の力が証明されたことを告げた。ウェイデンバーン主義者十万人の意識から誕生し、ローランドレ内の機能をすべて制御していた共生体は、アルマダ王子の側についた。アルマダ工兵とトルクロート人の抵抗は打ち砕かれた。銀色人の権力者三名……パルウォンドフ、ハームソー、クアルトソン……およびアルマダ蛮族の指揮官ロスリダー・オルンの身柄は、確実に拘束してある。ナコールとローダンは捕虜たちを解放したのち、かれらとともにローランドレの乗り物を使って《バジス》にもどったのだった。

「きみの話は人間の理解力を超えている」ローダンは本気でそういった。「無限アルマダ誕生の壮大なコンセプトを把握するには、数カ月、もしかすると数年が必要だ。しかし、理解できないからといって立ちどまってはいられない。アルマダはきみを命令権者として認識したわけだな。これからどうするつもりだ？」

ナコールはゆっくりとかぶりを振った。《バジス》の一員となってから、テラナーのジェスチャーをずいぶん身につけたのだ。

「それはちがう、友よ」と、おさえた声でいう。「アルマダ予言者の三つの予言をおぼえているだろう。あなたが無限アルマダをひきいるのだ。道はしめされた。わたしは助言者としてそばにいる。わたしの一部はオルドバンなのだから、随所で役にたつだろう。だが、いまこの瞬間から、無限アルマダの指揮権を持つのはあなたとなる」

ローダンは相手を見つめ、口を開きかけたものの、言葉をのみこんだ。いまはきわめて重要な時間だから。

「きみの話だと、オルドバン成分は無数の微小単位に分散されたものの、まだ存在するのだったな」と、話題を変える。「すべての成分をプシオン的に結合させれば、オルドバンがふたたび意識をとりもどすかもしれない。そうなれば、たいしたものだが」

「まずはオルドバンのことが重要だといいたそうだな」と、アルマダ王子。「もちろんわれわれ、かれを目ざめさせようと努力はしている。しかし、それには膨大な時間がかかるだろう。いまもっとも重要なのは、トリイクル9の安全を確保することだ」

「プシオン・フィールドの現ポジションはわかっているのだから、問題なく到達できるはず」

「ひとつ忘れているぞ」ナコールが思いださせた。「セト＝アポフィスはおのれの目的のため、これをフロストルービンと名づけて悪用した。それがきっかけで、ポルレイターはフロストルービンを封印した。その封印を安定させたのはあなたたち自身だ。つまり、トリイクル9は動けない状態にある！　どうやって封印を解除すればいいのか？」

アルマダ王子の絶望的な声がまだ消えないうちに、ハッチ付近に奇妙な外見の生物が実体化した。身長二メートルのヒューマノイドだ。両肩がかなり前方にせりだしている。麦藁《むぎわら》色の顔に、半球形の大きな濃いブルーの目。鼻のかわりになっている生体フィルターが呼吸のたびにかさかさ音をたてる。たくましい顎のまんなかには唇のない口があった。ソルゴル人である。

「話は聞いた、ナコール」と、カルフェシュ。「希望を捨てるのはまだ早い。わたしはそれを伝えにきたのだ」

# 1

「どうやら、ナコールが長い物語を聞かせたようだな」八角形の皮膚片からなるカルフェシュの顔がわずかにゆがむ。聞き手たちにはそれが親しみをこめた、半分からかうような笑みに見えた。「きみたちには申しわけないが、もうひとつ聞いてもらいたい話がある。無限アルマダの歴史ほど大規模なストーリーではないので、心配は無用。それに、わたしのは希望をもたらすメッセージだ。

ほかの九名とともにアルマダ工兵の捕虜になったさい、わたしは呼び出しを受けたのだ。その呼び出しにはパラメカニカルな力が内包されており、わたしはローランドレの外に出るよう強制されて物質の泉の彼岸へ向かった。そこではコスモクラートたちが待っていて、この宇宙における秩序の勢力の意に沿って行動する者たちにわたすべき情報を用意していた」

かれはそこで間をおいた。顔に浮かんだ笑みが大きくなり、まるで人間のような印象をあたえる。

「わたしの報告が終わったあと、物質の泉の彼岸でのことをあれこれ聞かせてほしいと思っている者もいるだろう。だが忠告しておくと……なにもおぼえていないのだ。わたしはただの影で、きみたちにメッセージを持ってきただけだから。かんたんな内容ではない。その多くはわかりにくいし、そもそもわかるようなことかどうか。コスモクラートの活動を理解するのは困難だからね。ほとんどのものごとは時間をかけて周到に準備され、それが起きてから長くたったのち、ようやく腑に落ちるのだ。

わたしはペリー・ローダンとたくさん話をしてきたが、かれはそのさい、くりかえし自問していた。なぜ運命はいつもこの自分を指名し、現存の構造を打ち壊してあらたな秩序を構築することを強いるのか。自分の歩みは上位存在の力によって操作されているのか。長い人生における数々の大冒険は、たんなる一連の偶然なのか、あるいはそこになにかの意味や規則性や目的があるのか……と。

きみたちは安心していい。ローダンがこれまでしてきた決断はすべて独自のもので、何者にも操作されていない。だが、かれを観察している存在はいる。コスモクラートだ。旧態依然としたものに対してローダンがためらわず疑問を呈《てい》し、あらたな秩序を模索するようすを、かれらは見てきた。ローダンとそのあとにつづく者たちなら、宇宙の秩序の意に沿った任務にふさわしいのではないかと考えている。

いいかね。ローダンが歴史的構造を正したり、戦いに勝利したり、テラにとって敵だった者を人類の同志に変えたりした場所……そんな場所には、かれのメンタル成分の一部がのこっているのだ。たとえば島の王たちとの対決では、テフローダーとマークスが地球の友となった。二百の太陽の星では、すべての有機生命体に対する憎悪回路からポスビを解放した。銀河イーストサイドではブルー族の覇権争いをやめさせ、かれらを銀河系諸種族の一員にくわえることができたな。ペリー・ローダンとテラナーは多くの場所、多くのケースで、上位秩序の意に沿った行動をしてきたもの。だが、ここではより重要かつ切実な意味を持つ出来ごとだけをとりあげてみた。

当時のこうした出来ごとを、コスモクラートたちはクロノフォシル……〝歴史の化石〟と呼んでいる。クロノフォシルの目印はローダンがのこしたプシオン・シュプールだ。テラじたい、人類統一がなされた瞬間からクロノフォシルとなった。全クロノフォシルのエッセンスともいえる人工惑星エデンⅡも同様だ。

クロノフォシルは孤立して存在するのではなく、宇宙のエネルギー・フィールド網に組みこまれている。この網の結び目がクロノフォシルということ。結び目になにか起きれば、かならず網の一部が影響を受ける。コスモクラートの計画はそこにもとづいている。

ペリー・ローダンが無限アルマダをひきいて銀河系を通過するとアルマダ予言者がいったとき、きみたちは恐ろしい光景を思い浮かべたと思う。数十億隻の艦船からなる巨大艦隊が星々ひしめく故郷銀河のどまんなかに出現すれば、銀河系住民はパニックになるだろうと。だが、適切な準備のおかげでパニックは起こらないし、アルマダ予言者がどこから知識を得たにせよ、その予言は正しかったわけだな。無限アルマダが銀河系にやってくるのは、そこに通過しなくてはならないクロノフォシルがあるからなのだ。

よく聞いてくれ。無限アルマダがクロノフォシルの近くにあらわれてこれを活性化するたび、ショック波が生じ、宇宙のエネルギー・フィールド網に伝播していく。このエネルギー・フィールドは極超短波の性質を持ち、きみたちがメンタル力あるいはプシオン力と呼んでいるものだ。だが、プシオン力が宇宙の結束にどう関係するのかは知らないだろう。きみたちの言葉でいうと、宇宙の構成物質を結びつけているのは重力……基本相互作用のうち、もっとも弱い力だな。きみたちがこれまで知識を増やしてきた基準にしたがえば、プシオン力が宇宙関連の枠内において重力よりはるかにだいじな役目をはたしていることを、やがて知るだろう。

さて、いずれかのクロノフォシルが活性化されて生じたショック波が、フロストルービンの現ポジションに伝播するとどうなるか？　封印の一部が壊れて機能しなくなるはずに相殺《そうさい》するものの、そのあいだにフロストルービンの自転エネルギーがショック波を相殺するものの、そのあいだに無限アルマダは次のクロノフォシルに到達する。ここでもエネルギー・フィールド網で同じことが起き、またショック波が生じて、フロストルービンの自転エネルギーが減衰するわけだ。クロノフォシルの正確な数はわからない。封印を完全に解くのにいくつ通過しなくてはならないか、これから観察する必要があるだろう。このショック波はトリイクルの内部にも同時に働きかけ、セト＝アポフィスのくわえたゆがみを最終的にもとどおりにしてくれる。これで宇宙のエネルギー・ラインが修正されれば、トリイクル9は現ポジションをはなれて、本来の位置にあらわれるはず」

「そのあとはどうなるのだ？」ローダンがたずねた。「いまやわれわれも知ったとおり、トリイクル9は変異している。どのような対策をとれば、プシオン・フィールドがもとの任務を実行できるのだろう？」

「それについては情報がない」と、カルフェシュ。「だが、心配するな。時がくれば必要な対策はすべてしめされ、プシオン・フィールドはモラルコードの情報搬送体として働くようになるから。ところで、きみたちにもうひとつ伝えることがある。クロノフォシルによって生じるショック波は、目下とまっているオルドバン成分のプシオン結合にも効力を発揮するのだ。結合ラインの復元が次々に進んでいけば、最後にはオルドバンの目ざめが訪れるだろう」

カルフェシュは沈黙した。聞き手たちの燃えるような視線を感じる。かれらがなにを考えているかはわかった。この日で二度めの、理解しがたい話を聞かされたということだろう。だがこれは、理解してもしなくてもいいような些末《さまつ》な話ではない。それどころか、直接かれらに影響してくる出来ごとなのだ。

ゲシールだけはちがう態度を見せている。うっすら笑みを浮かべて、とうにすべてを知っていたといいたげな表情だ。

とうとう、ペリー・ローダンが口を開いた。

「さっき同じことをいったばかりだが……理解できないからといって立ちどまってはいられないな。聞かされた話の多くはよくわからないが、それはコスモクラートの計画実現を手助けするのになんら支障にはなるまい。われわれ、まずどこへ向かえばいいのか？」

「最初のクロノフォシルは、アンドロメダ星雲およびその衛星銀河、アンドロ・アルファとアンドロ・ベータだ」ソルゴル人は答える。

「その次は？」

「大マゼラン星雲。それから二百の太陽の星、銀河イーストサイド、テラ、エデンIIとつづく。いったとおり、正確な数はわかっていない。ほかにもあるかもしれないな」

「出発の時期だが、われわれの気分で好きには決められまい」アトランが割りこむ。

「スケジュールに沿って行動することをもとめられるのではないか？」

「そのとおり」カルフェシュは首肯《しゅこう》した。「喫緊《きっきん》の課題はふたつある。トリイクル9が二重らせん構造からはずれてもう数百万年たつし、いまのところモラルコードにさしたる損傷は生じていないが、その可能性はつねにあり、それがいつカタストロフィにつながるかわからない。つまり、プシオン・フィールドが可及的すみやかにもとの機能をはたせるようにしなくてはならんということ。しかし、いまそれよりも重要なのは、混沌の勢力が攻撃段階にうつることだ。コスモクラートの計画を知ったとたん、クロノフォシルの活性化を阻止しようとするにちがいない。こちらが迅速に動けばそれだけ、かれらに行動の余地をあたえずにすむ」

「混沌の勢力がどういう攻撃に出てくるか、くわしくわかるか？」ローダンは気づかわしげだ。「銀河系にあらわれるだろうか？」

「わからない」と、カルフェシュ。「わかるのは、かれらが潜在的な脅威だということだけだ」

ローダンはしばらく考えこんでから、あらためていった。

「いま、ここの状況は非常に混乱している。おちつきをとりもどすまで、すこし時間がかかると思う。どれくらい猶予を認めてもらえるかな？」

ソルゴル人はほほえんだ。

「認めるも認めないもない、ペリー・ローダン。わたしはただのメッセージ配達員だ。決断はすべてきみにゆだねられている」

＊

状況を整理し、混乱した精神をしずめるためには、カルフェシュとふたりだけで話し合う必要があった。虚栄心を持たない人間などいないが、ソルゴル人の話を聞いた直後のローダンは、意識の一部に存在するその虚栄心ゆえに壮大なヴィジョンを描いてしまい、居ても立ってもいられなくなったのだ。カルフェシュをわきに引っ張ると、ほかの三名を置き去りにし、司令室近くの小キャビンを出ていく。

ソルゴル人の話を聞いてほっとした。コスモクラートからあたえられた名誉だとばかり思っていたが、べつに壮大な話ではなかったから。フロストルービンやセト＝アポフィスや無限アルマダに関する出来ごとがくりひろげられているこの宙域は、大宇宙のわずかな断片にすぎないのだという。宇宙にはそうした断片が無数にある。コスモクラートたちはそのひとつひとつを検分して、自分たちの意向に沿って行動する、支持するのにふさわしい生命体を見つけるのだそうだ。

ローダンはそのひとりで、コスモクラートのチェスではポーンということ。それを知って、かれはひそかに自信をとりもどした。選ばれた存在だといわれていたら、居心地が悪かっただろう。自分が過去になしたことを物質の泉の彼岸で見ていてくれたという事実だけで、認められたのだと満足できる。ローランドレのナコールのことを考え、ふと笑えるフレーズを思いついた。ひょっとしたら、だれかがわたしを〝銀河系王子〟とでも呼びだすんじゃないか？

カルフェシュが去ると、ローダンは計画を練りはじめた。ソルゴル人の警告が耳によみがえってくる。混沌の勢力が攻撃段階にうつるのだ。ぐずぐずしてはいられない。

# 2

ペリー・ローダンはほかの者たちも集めて事情を説明した。できるだけ多くの幹部メンバーに自分の決断を認めてもらい、その意義を分かち合ってほしいと考えたのだ。クラン艦隊の指揮官トマソンが、なにか話したいという。あとこの場にいるのは、ミュータントたち、ウェイロン・ジャヴィアとシグリド人のジェルシゲール・アンだ。

「本来の議論をはじめる前に、トマソンから話があるそうだ」と、ローダンは口火を切った。

トマソンが前に歩みでる。ほかの者よりも抜きんでて背が高い。

「われわれクラン艦隊としては、任務を終えたと思っています」と、単刀直入に切りだした。「許可をいただけるなら、ヴェイクオスト銀河に帰還したいのですが」

「クランドホル公国には多大な助力を提供してもらい、一同深く感謝している」ローダンは心からいった。「クラン艦五百隻を派遣してくれたのは、友情と勇気のあかし……それも、全宇宙が徒党を組んでわれわれに敵対しているように思えたときだったから。

犠牲をはらったこと、たいへん遺憾に思う。今後ずっと、きみたちの友情をけっして忘れることはない」かれは右手をあげた。クラン人が敬意を表するときのしぐさだ。それから、つけくわえる。「そのとおり、きみたちは任務を終えた。ヴェイクオストに帰還してくれ。銀河系種族から公爵グーにくれぐれもよろしく伝えてもらいたい」

トマソンも同じしぐさで返礼し、

「帰還するのはクラン艦のみ。《ソル》はあなたがたのものです」と、いう。

ローダンは驚いた。《ソル》にはスプーディ塊につながれたサーフォ・マラガンがいる。かれはそれにより特殊な精神能力をあたえられ、長年クランドホルの賢人としての役割を演じてきたのだ。

「きみたちに無理を強いることはしたくない」と、ローダン。「スプーディ塊を持つ賢人に訊いてみてくれ、クラン艦隊とともに帰還したいかどうかと」

クラン人は笑みを浮かべて、

「それはできません。あまりに忍びない」と、答えた。「サーフォ・マラガンがあなたの同胞や惑星キルクールの友のもとにいたいのはたしかですから。もしわたしがそんなふうに訊けば、帰還するのが義務だと感じてしまうでしょう。この遠征はあなたがただけでなく、われわれにとっても有益でした。広大な宇宙においてはクランドホル公国も一粒の塵《ちり》にすぎないと知ったのです。それを種族に伝えようと思います。いずれ、クラン人も賢人を必要としなくなるときがくるでしょう」

その言葉とともに、トマソンは退室する。それから数時間後、《バジス》の乗員たちはクラン艦隊がスタートしたという知らせを受けとった。

ローダンはその場にいる人々を順々に見て、こう告げた。

「無限アルマダは厄介なお荷物をかたづけなくてはならない。さいわい、ある場所でお荷物となる存在がべつの場所で役にたつこともあるもの。この銀河では数百万年のあいだ、セト＝アポフィスが猛威をふるってきた。多くの銀河種族が奴隷にされ、惑星を破壊された。セト＝アポフィスの影響で生じた苦悩をわれわれが感じることはもうほとんどないが、それはいまもそこにある。われわれの責任でないとはいえ、人類の基本理念として、苦しんでいる者たちをほうっておくわけにはいかない」

かれはグッキーとラス・ツバイのほうに向きなおり、

「アルマダ工兵三名を連れてきてくれ」と、いった。

＊

「オルドバンはきみたちをわが息子と呼んだ。その父の信頼をきみたちは踏みにじった。無限アルマダの強化を目的にあたえられた地位を、おのれの利益のためのみに悪用したのだ。権力を欲し、オルドバンにかわってアルマダの指揮をとろうとした。銀色人による無限アルマダの支配というもくろみを阻止する者たちに、創造主が味方したのも無理はない」

パルウォンドフ、ハームソー、クアルトソンの三名はこうべを垂れた。感情を持たない人工生物なので、こういう状況では改悛《かいしゅん》の意をしめすしぐさがもとめられると予測してのこと。

「人工生命体の道徳観に関して法的拘束力を持つような判断基準は、いまだどんな文明社会の法哲学にも存在しない」ローダンはつづけた。「そうした基準がない以上、いささかの躊躇はあるものの、きみたちは無罪放免となる。そのかわり、僭越ながらわれわれのほうで、今後数千年にわたる任務の遂行をいいわたすことにした」

パルウォンドフが顔をあげた。うれしさをかくしきれないようすで目を輝かせ、

「なんでもお申しつけください、ご主人……」と、前に出る。

「主人と呼ぶな!」ローダンはどなりつけた。「追従《ついしょう》などむだだ。きみがそうやってへつらいながら、裏でなにを考えているか、よくわかっているぞ」

パルウォンドフはあわてて後退した。

「かつてこの銀河では、ある超越知性体が猛威をふるっていた」ローダンがきびしい声で先をつづける。「その行動理念は基本的にきみたちと同じだ。略奪し、蹂躙《じゅうりん》し、奴隷化する。セト゠アポフィスはもう消滅したが、その影響で生じた苦悩はいまだにある。

きみたちはそれを薄める努力をしろ。セトデポにいる種族がふたたび自分たちの文明を築きあげられるよう、手助けするのだ」

　こんどはハームソーが身を乗りだして、

「いったいどうやればいいので？」と、あわれっぽく訊く。「アルマダ工兵はいま百四十七名しかいません。これだけの数でなにができると……」

「補助種族がいるではないか」ローダンは銀色人の言葉をさえぎった。「アルマダの各部隊は、つねに戦闘能力をテストされることにうんざりしている。もうトルクロート人は職務をまっとうしただろう。九十万隻を所有するアルマダ蛮族をきみたちが指揮すればいい」

　かれはハームソーの目が光るのを見逃さなかった。

「それを自分たちの意のままにして、好き勝手にふるまったりできると思うなよ」と、警告する。「この銀河とわが船団の故郷銀河はわずか一千万光年しかはなれていない。きみたちの行動はつねに観察される。任務をきちんと遂行しているか、銀河系種族の法的機関に報告がいくようになっているのだ。すこしでもおかしなことをしたら、きみたちは害虫のごとく根絶やしにされるぞ」

　ハームソーも一歩さがった。

「かれらを宿舎にもどせ」ローダンはテレポーター二名に指示。

グッキーとツバイがもどるのを待ってから、あらためて切りだした。

「あとふたつ、話しておきたい。まずはウェイデンバーン主義者十万人のこと。その運命が気にかかる。かれらがいなければ、アルマダ工兵の力を殺《そ》ぐことはできなかった。ローランドレ内の指揮所に閉じこめられ、ポジトロン制御プロセスの実行におのれの存在を捧げたのだから、報われて当然だ。かれらが最終目的地に行けるよう、われわれは手助けしなければならない。とはいえ、まだしばらくはここにいてもらうが。アルマダ王子は、記憶は完全にとりもどしたものの……オルドバンのようにローランドレ内の機器類すべてをプシオン・ネットワークで制御する能力は持たない。いまのところ、われわれにはウェイデンバーンの共生体が不可欠なのだ」

それからローダンは出席者たちを見わたすと、アルコン人に視線をとめた。笑みを浮かべてこういう。

「銀河系船団をひきいて帰郷してくださらんか、わが友。もうここで船団のすることはないし、銀河系ではわれわれの遠征結果報告を首を長くして待っています。すべてのニュースを報告したあとは、無限アルマダの到来に向けて準備させていただきたい。あなたの指揮船は《ソル》です。地球の人々によろしく伝えてください。われわれもじきに帰るから、と」

アトランはうなずき、

「きみはここにのこるのだな？」と、訊く。

「《バジス》とともに」ローダンは答えた。「あと数週間はハードな作業がつづくでしょう。新しい力関係を無限アルマダに周知徹底させる必要があるし、アルマダ工兵とトルクロート人の行動計画も立てなくてはならない。ナコールはローランドレに司令本部を設立するつもりでいます。やることは山ほどある。大急ぎでとりくまなければ。かといって、いいかげんな仕事はしたくありません」

# 未来

　ペリー・ローダンは大きな全周スクリーンのまんなかに立ち、ガラス玉のように見える宇宙空間に目をやった。いずれ去ることになる異銀河の星々を眺めながら、思いはあらぬ方向へさまよいはじめる。かれの心の目は未来のヴィジョンを見ていた。

　銀河系諸種族は宇宙という舞台でくりひろげられるドラマに巻きこまれてしまい、もうあともどりできない。銀河系内の局所的な問題だけに関わっていればいい時代はすでに過去のもの。フロストルービンでの出来ごとや無限アルマダとの出会いにより、GAVÖK種族の地平線は何倍にものびた。

　ヴィジョンが見える。無限アルマダは銀河系を進んでいく。トリイクル9はふたたび宇宙のモラルコードのなかで機能をはたすようになる。コスモクラートたちの満足とよろこびが感じとれるようだ。

あるエピソードが頭をよぎった。遠い遠い昔、まだ地球に皇帝や王がいた時代の話である。十九世紀から二十世紀にうつったころのある夜、そうした君主のひとりが家臣たちに向かい、尊大な口調でこういったという……〝予は諸君らに栄光の時代を約束する！〟と。

ローダンも似たようなことをいいたい気分だった。まるで開かれた本のページのごとく、未来が目の前に見えた感じがする。人類およびGAVÖKの同盟者たちは困難をすべて乗りこえ、大きな一歩を踏みだしたのだ。孤立状態を脱却し、宇宙的勢力の主催するコンサートで演奏できることを証明したのだから。実際、宇宙が自分たちに栄光の時代を約束したと考えてもいいのではないか？

だが、大口をたたくのはやめておく。仰々しい文句を述べる者はいずればったり倒れると、経験からわかっていた。ペリー・ローダンはつまずいて倒れたりしない。おのれの知識不足を知っているから。なのに、宇宙的勢力の劇場でなにがくりひろげられるか、予測できるというのか？

いや、できない。だから二千年以上、それでうまく切り抜けてきたやり方を今後もつづけていくしかなかろう。ペリー・ローダンは予言者ではない。未来というのは、どれほど輝かしく見えたとしても、不確実なもの。これからやってくる困難にも、過去にしてきたとおりに対処するだけだ……ひとつひとつ、立ち向かっていく。

# あとがきにかえて

星谷　馨

ペリー・ローダン・シリーズ（PRS）第六〇〇巻をおとどけします。

記念すべき第五〇〇巻『テラナー』の刊行から四年あまり、一度もとぎれることなく月に二冊ずつ発行され（とあっさり書いたが、けっしてかんたんな話ではないだろう）、ついに六〇〇巻の節目を迎えた。じつにめでたい。PRSに関わってこられたすべての方々にあらためて敬意を表するとともに、ファンの皆さまに心から感謝を捧げます。

今回は後半二二二ページに出てくる「ネイピア数」についてご説明したかったのだけれど、あいにく紙幅が尽きてしまった。またの機会に。

さて、今後のPRSの邦題を五十話、二十五冊ぶんご紹介します。例によって仮題のため、刊行時には変更されることがあります。

1201 “Kosmisches Mosaik”「宇宙モザイク」デトレフ・G・ヴィンター
1202 “Sturz durch die Zeit”「時の囚われ人」H・G・フランシス
1203 “Die Zeitgänger”「時間巡回者」H・G・フランシス
1204 “Der erste Impuls”「ツーノーザー救出作戦」H・G・エーヴェルス
1205 “Kundschafter der Kosmokraten”「深淵の偵察員」トーマス・ツィーグラー
1206 “Flucht ins Labyrinth”「階級闘技」クラーク・ダールトン
1207 “Im Bann des Kraken”「オクトパスの呪縛」アルント・エルマー
1208 “In den Katakomben von Starsen”「スタルセンの地下墓地」クルト・マール
1209 “Die Grauen Lords”「グレイの領主」クルト・マール
1210 “Unterwegs nach Magellan”「マゼラン雲への道」アルント・エルマー
1211 “Der gute Geist von Magellan”「マゼランの善人」トーマス・ツィーグラー
1212 “Die größte Show des Universums”「宇宙の大活劇」H・G・フランシス
1213 “Der Superkämpfer”「スーパー戦士」H・G・エーヴェルス
1214 “Ein Raumriese erwacht”「宇宙巨人目ざめる」H・G・エーヴェルス
1215 “Der Ruf des Stahlherrn”「鋼鉄の王者の呼び声」エルンスト・ヴルチェク
1216 “Drei Ritter der Tiefe”「深淵の騎士たち」エルンスト・ヴルチェク
1217 “Abenteuer im Grauland”「グレイの国での冒険」ペーター・テリド

1218 “Der Haluter Sokrates”「ハルト人ソクラテス」H・G・フランシス
1219 “Der blockierte Mutant”「眠れるミュータント」H・G・フランシス
1220 “Im mentalen Netz”「メンタル・ネット」H・G・エーヴェルス
1221 “Der Oxtorner und der Admiral”「オクストーン人と提督」H・G・エーヴェルス
1222 “Das Chronofossil”「クロノフォシル」アルント・エルマー
1223 “Ordobans Erbe”「オルドバンの遺産」デトレフ・G・ヴィンター
1224 “Rückkehr in den Frostrubin”「フロストルービン再び」トーマス・ツィーグラー
1225 “Bastion im Graulland”「グレイの国の稜堡」クルト・マール
1226 “Der Kampf um Schatzen”「宝の国をめぐる戦い」クルト・マール
1227 “Lord Mhuthans Stunde”「ムータン領主との対決」アルント・エルマー
1228 “Clio, die Spielzeugmacherin”「玩具職人クリオ」H・G・フランシス
1229 “Psionisches Roulette”「プシオン・ルーレット」エルンスト・ヴルチェク
1230 “Psychofrost”「サイコフロスト」トーマス・ツィーグラー
1231 “Unternehmen Thermoschild”「温熱バリア作戦」トーマス・ツィーグラー
1232 “Anschlag auf Gatas”「ガタスにおける陰謀」クルト・マール
1233 “Rückkehr in die Minuswelt”「マイナス宇宙へ」クルト・マール
1234 “Piratensender Acheron”「警告者あらわる」エルンスト・ヴルチェク

1235 "Blitz über Eden"「エデンⅡあやうし」クラーク・ダールトン
1236 "Im Reich der Jaschemen"「テクノトールの帝国」H・G・エーヴェルス
1237 "Rebellion der Kyberneten"「サイバネティクの反乱」H・G・エーヴェルス
1238 "Zentrum des Kyberlands"「サイバーランド中枢部」アルント・エルマー
1239 "Der Einsame der Tiefe"「深淵の独居者」アルント・エルマー
1240 "Kampf um das Technotorium"「テクノトリウムの戦闘」ペーター・グリーゼ
1241 "Der Smiler und die Sphinx"「スマイラーとスフィンクス」エルンスト・ヴルチェク
1242 "Tsunamis im Einsatz"「ツナミ艦隊出撃!」ペーター・グリーゼ
1243 "Die Maschinen des Dekalogs"「十戒の《マシン》船」ペーター・グリーゼ
1244 "Traumwelt Terra"「夢の国テラ」クルト・マール
1245 "Der böse Geist von Terra"「夢食うマシン」クルト・マール
1246 "Die Macht des Träumers"「カッツェンカットの過去」トーマス・ツィーグラー
1247 "Aufbruch zum Vagenda"「ヴァジェンダへの旅立ち」H・G・フランシス
1248 "Das Glaslabyrinth"「ガラスの迷宮」H・G・エーヴェルス
1249 "Auf dem Weg zum Licht"「光あるほうへ」H・G・エーヴェルス
1250 "Die Raum-Zeit-Ingenieure"「時空エンジニア」トーマス・ツィーグラー

(星)
「さらばマスクの男」マリアンネ・シドウ
「トルカントゥルの要塞」クルト・マール

**596　ヒールンクスのプラネタリウム**〈SF2237〉(林)
「ヒールンクスのプラネタリウム」クルト・マール
「二百の太陽の星への攻撃」アルント・エルマー

**597　中央プラズマあやうし**〈SF2238〉(井・嶋)
「中央プラズマあやうし」デトレフ・G・ヴィンター
「二百の太陽の黄昏」エルンスト・ヴルチェク

**598　ムリルの武器商人**〈SF2241〉(増)
「危機の源アンドロ・ベータ」H・G・フランシス
「ムリルの武器商人」H・G・フランシス

**599　プシ・ショック**〈SF2242〉(嶋)
「プシ・ショック」H・G・エーヴェルス
「夢時間」H・G・エーヴェルス

**600　永遠のオルドバン**〈SF2246〉(星)
「アルマダ王子、最後の勝負」クルト・マール
「永遠のオルドバン」クルト・マール

「ヴィシュナ熱」アルント・エルマー

583　**アインシュタインの涙**〈SF2209〉（渡）

「アインシュタインの涙」ウィリアム・フォルツ

「炎上する宇宙」デトレフ・G・ヴィンター

584　**真空の貧者**〈SF2212〉（赤）

「真空の貧者」マリアンネ・シドウ

「銀色人の操り人形」H・G・エーヴェルス

585　**エピクロス症候群**〈SF2213〉（若）

「エピクロス症候群」クルト・マール

「ブラックホールの深淵」クルト・マール

586　**憎悪のインパルス**〈SF2216〉（畔）

「憎悪のインパルス」クラーク・ダールトン

「ヴィシュナの勝利」アルント・エルマー

587　**時間塔の修道士**〈SF2217〉（林）

「時間塔の修道士」デトレフ・G・ヴィンター

「コスモクラートの決闘」エルンスト・ヴルチェク

588　**ゴルゲンゴルの鍵**〈SF2220〉（嶋）

「時間陥没」H・G・エーヴェルス

「ゴルゲンゴルの鍵」H・G・エーヴェルス

589　**ローダンの過去**〈SF2221〉（稲）

「ローダンの過去」クルト・マール

「第四の叡智」クルト・マール

590　**銀河系船団の戦士グッキー**〈SF2224〉（増）

「ローランドレの前庭」H・G・フランシス

「銀河系船団の戦士グッキー」H・G・フランシス

591　**冷気のエレメント**〈SF2225〉（畔）

「門閥の母」マリアンネ・シドウ

「冷気のエレメント」アルント・エルマー

592　**宇宙の炎の道**〈SF2227〉（嶋）

「光と闇のはざまで」デトレフ・G・ヴィンター

「宇宙の炎の道」トーマス・ツィーグラー

593　**コスモクラートの敵**〈SF2228〉（若）

「コスモクラートの敵」トーマス・ツィーグラー

「エレメントの十戒」エルンスト・ヴルチェク

594　**ローランドレ偵察隊**〈SF2232〉（渡）

「アルマダ中枢をめざして」H・G・エーヴェルス

「ローランドレ偵察隊」H・G・エーヴェルス

595　**さらばマスクの男**〈SF2233〉

「マークス対テラ」クルト・マール
「プシオニカーの勝利」クルト・マール

570　**宇宙ゾンビ目覚める**〈SF2184〉（嶋）
「宇宙ゾンビ目覚める」エルンスト・ヴルチェク
「侵入者」マリアンネ・シドウ

571　**四恒星帝国ＳＯＳ**〈SF2185〉（渡）
「時間ダムの崩壊」ウィリアム・フォルツ
「四恒星帝国ＳＯＳ」Ｈ・Ｇ・エーヴェルス

572　**グーン地獄**〈SF2187〉（林）
「グーン地獄」Ｈ・Ｇ・フランシス
「スズメバチの群れ作戦」Ｈ・Ｇ・フランシス

573　**炎の管理者**〈SF2188〉（天）
「炎の管理者」Ｈ・Ｇ・エーヴェルス
「アルマダ蛮族の攻撃」デトレフ・Ｇ・ヴィンター

574　**黒いピラミッド**〈SF2191〉（稲）
「オルドバンを探して」デトレフ・Ｇ・ヴィンター
「黒いピラミッド」クルト・マール

575　**アルマダの三つの予言**〈SF2192〉（恵）
「双子星の呪縛」マリアンネ・シドウ
「アルマダの三つの予言」クルト・マール

576　**バベル・シンドローム**〈SF2196〉（星）
「バベル・シンドローム」Ｈ・Ｇ・エーヴェルス
「ゴースト・テラ」エルンスト・ヴルチェク

577　**グレイ回廊からの脱出**〈SF2197〉（嶋）
「ヴィシュナ第二の災い」Ｈ・Ｇ・エーヴェルス
「グレイ回廊からの脱出」クラーク・ダールトン

578　**アルマダ王子現わる**〈SF2200〉（若）
「死の支配者」アルント・エルマー
「アルマダ王子現わる」Ｈ・Ｇ・フランシス

579　**災難ナンバー３**〈SF2201〉（増）
「アルマダ反乱軍」Ｈ・Ｇ・フランシス
「災難ナンバー３」マリアンネ・シドウ

580　**セト＝アポフィスの覚醒**〈SF2204〉（シ）
「セト＝アポフィスの覚醒」クルト・マール
「アイテランの呼び声」クルト・マール

581　**超越知性体の最後のゲーム**〈SF2205〉（渡）
「超越知性体の最後のゲーム」クルト・マール
「テラをめぐる戦い」Ｈ・Ｇ・エーヴェルス

582　**ヴィシュナ熱**〈SF2208〉（嶋）
「妖精女王の侵略」トーマス・ツィーグラー

「印章船」H・G・エーヴェルス
「瓦礫の騎兵」クルト・マール
554 **致死線の彼方**〈SF2146〉（新・星）
「致死線の彼方」クルト・マール
「エネルギー圃場の危機」ウィリアム・フォルツ
555 **クラスト・マグノの管理者**〈SF2147〉（星・稲）
「惑星の民」マリアンネ・シドウ
「クラスト・マグノの管理者」エルンスト・ヴルチェク
556 **11名の力**〈SF2151〉（シ）
「11名の力」ホルスト・ホフマン
「銀色の影」H・G・フランシス
557 **銀色人の基地**〈SF2152〉（原）
「銀色人の基地」H・G・フランシス
「ヴィシュナの呪い」クルト・マール
558 **第二地球作戦**〈SF2156〉（渡）
「不死存在の使者」クラーク・ダールトン
「第二地球作戦」H・G・エーヴェルス
559 **思考プラズマ**〈SF2157〉（嶋）
「思考プラズマ」H・G・エーヴェルス
「提督と銀色人」K・H・シェール
560 **アルマダ工兵の謀略**〈SF2161〉（増）
「殺戮の惑星」ハンス・クナイフェル
「アルマダ工兵の謀略」ウィリアム・フォルツ
561 **恒星ハンマー**〈SF2162〉（嶋）
「恒星ハンマー」クルト・マール
「アルマダ工兵侵攻」クルト・マール
562 **シンクロニト育成所**〈SF2166〉（林）
「シンクロニト育成所」エルンスト・ヴルチェク
「アルマダ筏」トーマス・ツィーグラー
563 **時間ダム構築**〈SF2167〉（若）
「シンクロドローム突撃作戦」H・G・フランシス
「時間ダム構築」H・G・エーヴェルス
564 **永遠の奉仕者**〈SF2171〉（稲）
「永遠の奉仕者」マリアンネ・シドウ
「宇宙の巨大構造物」クルト・マール
565 **指令コード**〈SF2172〉（新）
「指令コード」クルト・マール
「四恒星帝国の暴動」トーマス・ツィーグラー
566 **宝石都市の廃墟**〈SF2176〉（星）
「宝石都市の廃墟」トーマス・ツィーグラー
「死者と墓守」H・G・エーヴェルス
567 **アラトゥル始動**〈SF2177〉（シ）
「アラトゥル始動」H・G・エーヴェルス
「恒星のなかで」デトレフ・G・ヴィンター
568 **偽の囚われ息子**〈SF2181〉（若）
「偽の囚われ息子」クラーク・ダールトン
「最後のマークス」ウィリアム・フォルツ
569 **マークス対テラ**〈SF2182〉（増）

マン

539　**異変の《ソル》**〈SF2114〉（林）

「恐怖のオーラ」デトレフ・G・ヴィンター

「異変の《ソル》」クルト・マール

540　**自由民の基地**〈SF2116〉（増）

「自由民の基地」H・G・フランシス

「ヴィールス実験終了」ホルスト・ホフマン

541　**虎の王者キサイマン**〈SF2117〉（シ）

「無敵の者たち」H・G・エーヴェルス

「虎の王者キサイマン」H・G・エーヴェルス

542　**カルデクの盾作戦**〈SF2119〉（嶋）

「彗星記章の男」K・H・シェール

「カルデクの盾作戦」クルト・マール

543　**ソラナー狩り**〈SF2120〉（嶋）

「共生体保持者」ホルスト・ホフマン

「ソラナー狩り」ウィリアム・フォルツ

544　**黄金の粉塵人間**〈SF2124〉（原）

「黄金の粉塵人間」マリアンネ・シドウ

「永遠の戦士コジノ」エルンスト・ヴルチェク

545　**神のアンテナ**〈SF2125〉（若）

「神のアンテナ」H・G・フランシス

「カルデク・サークル」クルト・マール

546　**ハイパー空間封鎖**〈SF2128〉（渡）

「ハイパー空間封鎖」H・G・エーヴェルス

「転送機ネット作戦」H・G・エーヴェルス

547　**試験惑星チェイラツ**〈SF2129〉（小）

「試験惑星チェイラツ」デトレフ・G・ヴィンター

「ハイチの男」H・G・エーヴェルス

548　**《バジス》の帰郷**〈SF2132〉（星）

「《バジス》の帰郷」エルンスト・ヴルチェク

「コスモクラートのリング」マリアンネ・シドウ

549　**石の使者**〈SF2133〉（嶋）

「無限での邂逅」H・G・フランシス

「石の使者」クルト・マール

550　**ポルレイターとの決別**〈SF2136〉（増）

「ポルレイターとの決別」クルト・マール

「フロストルービン」ウィリアム・フォルツ

551　**無限アルマダ**〈SF2137〉（嶋）

「無限アルマダ」K・H・シェール

「最後のミルヴァナー」クラーク・ダールトン

552　**偽アルマディスト**〈SF2140〉（若）

「偽アルマディスト」デトレフ・G・ヴィンター

「宇宙での反乱」H・G・エーヴェルス

553　**瓦礫の騎兵**〈SF2141〉（渡）

524 **アトランの帰還**〈SF2078〉（嶋）
「超越知性体の奴隷たち」H・G・フランシス
「アトランの帰還」ウィリアム・フォルツ
525 **ウルスフ決死隊**〈SF2079〉（星）
「クランでのラスト・ミッション」クルト・マール
「ウルスフ決死隊」クルト・マール
526 **黒い炎の幻影**〈SF2083〉（林）
「黒い炎の幻影」エルンスト・ヴルチェク
「キルクールのフィナーレ」ペーター・グリーゼ
527 **メンタル嵐**〈SF2084〉（小）
「ガラス人間の変身」ペーター・グリーゼ
「メンタル嵐」H・G・エーヴェルス
528 **プシオン性迷宮**〈SF2088〉（渡）
「プシオン性迷宮」H・G・エーヴェルス
「石の憲章」ウィリアム・フォルツ
529 **難船者たち**〈SF2089〉（若）
「難船者たち」H・G・フランシス
「M－3への進撃」クルト・マール
530 **黒いモノリス**〈SF2092〉（増）
「黒いモノリス」クルト・マール
「火山惑星」クラーク・ダールトン
531 **物質暗示者**〈SF2093〉（赤）
「物質暗示者」H・G・エーヴェルス
「ポルレイターの基地」H・G・エーヴェルス
532 **細胞活性装置の危機**〈SF2100〉（嶋）
「細胞活性装置の危機」デトレフ・G・ヴィンター
「難破船」クラーク・ダールトン
533 **超ヴィールス**〈SF2101〉（嶋）
「超ヴィールス」ペーター・グリーゼ
「ゲシール・ポイント」エルンスト・ヴルチェク
534 **回転海綿との邂逅**〈SF2105〉（原）
「虚無の淵」H・G・フランシス
「回転海綿との邂逅」クルト・マール
535 **テラナー抹殺指令**〈SF2106〉（小）
「テラナー抹殺指令」H・G・エーヴェルス
「物質の虜囚」ウィリアム・フォルツ
536 **中継基地オルサファル**〈SF2109〉（渡）
「中継基地オルサファル」マリアンネ・シドウ
「マゼラン行きのキャラバン」エルンスト・ヴルチェク
537 **自転する虚無**〈SF2110〉（星）
「自転する虚無」H・G・フランシス
「M－3から呼ぶ声」K・H・シェール
538 **ポルレイターの秘密兵器**〈SF2113〉（若）
「ポルレイターの秘密兵器」マリアンネ・シドウ
「ポルレイターの道」ホルスト・ホフ

509 **ベッチデ人とハンター**〈SF2036〉（小）
「兄弟団を探して」クルト・マール
「ベッチデ人とハンター」クルト・マール

510 **兄弟団の謀略**〈SF2041〉（渡）
「兄弟団の謀略」ハンス・クナイフェル
「ヴィールス実験」ウィリアム・フォルツ

511 **アルキストの英雄**〈SF2042〉（シ）
「ハルト人の暴走」H・G・フランシス
「アルキストの英雄」エルンスト・ヴルチェク

512 **隔離船団**〈SF2046〉（嶋）
「隔離船団」ペーター・テリド
「時間塵」H・G・フランシス

513 **競技惑星クールス**〈SF2047〉（嶋）
「競技惑星クールス」マリアンネ・シドウ
「有力候補」マリアンネ・シドウ

514 **スーパーゲーム**〈SF2052〉（若）
「スーパーゲーム」ウィリアム・フォルツ
「孤独な虜囚」クラーク・ダールトン

515 **孤高の種族**〈SF2053〉（林）
「孤高の種族」クルト・マール
「過去マスター」クルト・マール

516 **時間ブリッジ作戦**〈SF2056〉（原）
「時間ブリッジ作戦」H・G・エーヴェルス
「実験惑星」ペーター・グリーゼ

517 **ハミラー・チューブ**〈SF2057〉（小）
「ハミラー・チューブ」ペーター・グリーゼ
「虚無からの指令」H・G・フランシス

518 **少女スフィンクス**〈SF2061〉（増）
「少女スフィンクス」ウィリアム・フォルツ
「スプーディ船」ペーター・テリド

519 **クランの裏切り者**〈SF2062〉（原）
「《ソル》の囚人」ペーター・テリド
「クランの裏切り者」ハンス・クナイフェル

520 **兄弟団の声**〈SF2067〉（若）
「兄弟団の声」クルト・マール
「クランの災難」クルト・マール

521 **水宮殿の賢人**〈SF2068〉（渡）
「水宮殿の賢人」ウィリアム・フォルツ
「M-19からの危機」H・G・エーヴェルス

522 **ヴァマヌ来訪**〈SF2072〉（シ）
「ヴァマヌ来訪」H・G・エーヴェルス
「黒の力」H・G・フランシス

523 **ロボット探偵シャーロック**〈SF2073〉（嶋）
「ロボット探偵シャーロック」ペーター・グリーゼ
「射程内のテラ」クラーク・ダールトン

# 宇宙英雄ローダン・シリーズ既刊リスト

(501巻～600巻)

●訳者名はSF番号のあとに略号で記載
(赤)＝赤根洋子、(畔)＝畔上 司、(天)＝天沼春樹、(新)＝新朗 恵、(井)＝井口富美子、(稲)＝稲田久美、(小)＝小津 薫、(恵)＝恵矢、(シ)＝シドラ房子、(嶋)＝嶋田洋一、(林)＝林 啓子、(原)＝原田千絵、(星)＝星谷 馨、(増)＝増田久美子、(若)＝若松宣子、(渡)＝渡辺広佐
●装画／工藤 稜

501 **白い船の異人**〈SF2017〉(増)
「キルクールの狩人」マリアンネ・シドウ
「白い船の異人」マリアンネ・シドウ

502 **第八艦隊ネスト**〈SF2022〉(若)
「第八艦隊ネスト」ペーター・テリド
「理解レベルの段階」クルト・マール

503 **惑星クラトカンの罠**〈SF2023〉(小)
「フェロイ星系への決死隊」クルト・マール
「惑星クラトカンの罠」クラーク・ダールトン

504 **宇宙ハンザ**〈SF2026〉(渡)
「宇宙ハンザ」ウィリアム・フォルツ
「コンピュータ、発狂す」エルンスト・ヴルチェク

505 **マルディグラの工作員**〈SF2027〉(赤)
「マルディグラの工作員」エルンスト・ヴルチェク
「コンピュータ人間」ペーター・グリーゼ

506 **第五使者の誕生**〈SF2031〉(星)
「第五使者の誕生」ペーター・グリーゼ
「プログラミングされた男」H・G・フランシス

507 **災厄のスプーディ**〈SF2032〉(若)
「災厄のスプーディ」H・G・エーヴェルス
「すべては《ソル》のために」H・G・エーヴェルス

508 **賢人の使者**〈SF2035〉(増)
「祖先の船」マリアンネ・シドウ
「賢人の使者」クラーク・ダールトン

訳者略歴　東京外国語大学外国語学部ドイツ語学科卒，文筆家　訳書『バベル・シンドローム』エーヴェルス＆ヴルチェク，『さらばマスクの男』シドウ＆マール（以上早川書房刊）他多数

HM=Hayakawa Mystery
SF=Science Fiction
JA=Japanese Author
NV=Novel
NF=Nonfiction
FT=Fantasy

宇宙英雄ローダン・シリーズ〈600〉

# 永遠《えいえん》のオルドバン

〈SF2246〉

二〇一九年九月　十日　印刷
二〇一九年九月十五日　発行
（定価はカバーに表示してあります）

著者　クルト・マール
訳者　星《ほし》谷《や》　馨《かおり》
発行者　早川　浩
発行所　株式会社　早川書房
郵便番号　一〇一 - 〇〇四六
東京都千代田区神田多町二ノ二
電話　〇三 - 三二五二 - 三一一一
振替　〇〇一六〇 - 三 - 四七七九九
https://www.hayakawa-online.co.jp

乱丁・落丁本は小社制作部宛お送り下さい。
送料小社負担にてお取りかえいたします。

印刷・信毎書籍印刷株式会社　製本・株式会社川島製本所
Printed and bound in Japan
ISBN978-4-15-012246-1 C0197